Coralie se jette par la fenêtre, rate la poubelle d'un centimètre mais atterrit sur un matelas de neige fraîchement tombée.

Elle bondit sur ses pieds. Dans le terrain de stationnement, les lumières l'illuminent comme un papillon de nuit qui va être épinglé.

Elle court à travers la cour de récréation, vers le village.

Elle n'entend pas le gloussement, mais c'est parce que l'océan Atlantique gronde et que le vent hurle. Elle arrive au pont Chantant, dont la structure d'acier est couverte de glace. À chaque éclaboussement de la très haute marée, une autre couche s'ajoute.

«Je vais être emportée, pense-t-elle. Je vais être comme une jeune fille dans un poème ancien: tout en glace. Même mon cœur et mon âme seront glacés.

Exactement ce que les Sévigny veulent!»

*Le secret
de l'auberge*

Le secret
de l'auberge

Caroline B. Cooney

Traduit de l'anglais par
MARIE-ANDRÉE WARNANT-CÔTÉ

**Les éditions
Héritage inc.**

Données de catalogage avant publication (Canada)

Cooney, Caroline B.

Le secret de l'auberge

(Frissons)
Traduction de: The snow.
Pour les jeunes.

ISBN: 2-7625-7456-0

I. Titre. II. Collection.

PZ23.C658Se 1993   j813'.54   C93-096740-2

Copyright© 1990 Cooney, Caroline B. Cooney
Publié par Scholastic Inc., New York

Version française
© Les Éditions Héritage Inc. 1993
Tous droits réservés

Dépôts légaux : 2e trimestre 1993
Bibliothèque nationale du Québec
Bibliothèque nationale du Canada

ISBN: 2-7625-7456-0   Imprimé au Canada

LES ÉDITIONS HÉRITAGE INC.
300, Arran, Saint-Lambert (Québec) J4R 1K5
(514) 875-0327

Chapitre 1

Coralie est seule à l'auberge. Les vents de janvier hurlent et tentent d'arracher l'auberge de la Goélette à sa falaise. Coralie ne sait pas pourquoi les Sévigny l'appellent une «auberge» puisque, malgré qu'il y ait huit magnifiques chambres d'invités, il n'y a jamais aucun invité. Juste les cinq jeunes insulaires en pension sur le continent pour la durée de l'année scolaire. Et ces jeunes sont confinés dans les chambres froides et sombres du troisième étage, pas dans les chambres d'invités ensoleillées. «Les criminels sont mieux logés que nous», pense Coralie.

C'est samedi matin. Les Sévigny ont emmené Dorothée dans les magasins.

— Je t'interdis de sortir, a dit madame Sévigny à Coralie. Peut-être que le fait de perdre ta fin de semaine t'apprendra les bonnes manières. Quelle sorte d'exemple donnes-tu à Dorothée ? Accepte ta punition comme doit le faire une fille de treize ans. Si tu quittes l'auberge, tu seras en retenue aussi la semaine prochaine.

Si Coralie n'a ni samedi ni dimanche pour être libre, alors elle n'a rien.

Ne prêtant aucune attention à Coralie, Dorothée a tendrement souri aux Sévigny. «Comment peut-elle les aimer, avec leurs yeux de chiens enragés? se demande Coralie. Ils sont maléfiques.»

Mais Dorothée leur a pris la main et est sortie avec eux.

Anya entre. Coralie a oublié l'existence même d'Anya, encore plus sa présence à la maison.

— Il fait tellement froid ici, Coco.

Coralie lui apporte un chandail. Parfois, Anya oublie même comment s'habiller. Toute sa beauté romantique a disparu, comme si elle avait déposé son visage quelque part et l'avait oublié.

Coralie emmène Anya à la cuisine, où il fait plus chaud.

— Est-ce qu'on regarde la télé? demande Coralie.

Anya ne répond pas. Elle débarrasse la table des restes du déjeuner. Cet hiver, Anya a cessé d'être une élève en pension pour finir son secondaire et elle est devenue une servante, tout juste bonne pour faire la lessive et la vaisselle.

Coralie supporte difficilement de voir cette Anya et de se rappeler ce qu'elle était. Anya aimait parler au téléphone à ses amies ou à Bruno. Anya avait l'habitude de lire tout haut. Quelle mémoire elle avait! Elle récitait du Molière.

— Te souviens-tu de Bruno? demande soudain Anya.

«Si je me souviens de Bruno! pense Coralie. Je pense que je m'en souviens mieux et plus souvent que toi. Je suis contente que tu ne voies pas l'intérieur de mon esprit où je m'imagine que je rencontre Bruno comme tu le faisais, où je m'imagine qu'il revient au village… *et c'est moi qu'il veut.* »

— Oui, dit Coralie, je me souviens de Bruno.

— Est-il vivant ? demande Anya.

— Oui. Il est pensionnaire.

À l'école où ses parents l'ont envoyé après sa chute de la falaise, chute dont ils ont blâmé « ces filles de l'île », désignant Anya et Coralie. L'école recommandée par les Sévigny.

— Pourquoi ne m'écrit-il pas ?

— Je suppose que c'est parce que tu ne lui écris pas. Je vais t'aider à lui écrire une lettre, propose Coralie.

Si Anya pense à nouveau à des choses réelles, peut-être qu'une partie d'elle-même redeviendra réelle.

La grande demeure frémit quand la marée déferle dans la baie de la Bougie, se ruant contre les rochers sur lesquels l'auberge de la Goélette est bâtie. Coralie en est venue à penser que la femme du capitaine, qui s'est jetée par-dessus la falaise cent ans plus tôt, l'a fait parce qu'elle ne supportait plus le bruit.

— Que dois-je écrire à Bruno ? demande Anya.

— Cher Bruno, dicte Coralie.

Et à son grand plaisir Anya éclate de rire.

— J'aurais pu penser à ça moi-même, dit Anya.

Cher Bruno, écrit Anya, et son écriture ressemble à celle de l'ancienne Anya, l'Anya qui devait terminer première de sa classe, en juin. Pas l'Anya qui a pris un travail qui consiste à plier du linge dans une buanderie.

Dans les caves, quelqu'un glousse.

Coralie lève la tête et écoute attentivement.

Elles sont seules dans la maison, elle et Anya. Dorothée est partie avec les Sévigny. Les frères aînés de Dorothée, Michel et Benjamin, ont quitté l'auberge depuis des heures : Michel pour son entraînement de basket-ball et Benjamin pour son emploi de pompiste.

Le gloussement revient, bas et railleur.

— *Tu ne peux me trouver*, dit-il.

Les yeux de Coralie gèlent, comme s'il neigeait dans son cerveau. « Personne ne glousse, se dit-elle. La mer peut faire n'importe quel bruit. Elle peut murmurer, rire, applaudir. Cette fois, son bruit est un gloussement. C'est tout. »

— Coco, j'ai encore froid, dit tristement Anya, comme s'il n'y avait aucun remède à cela.

Les caves gloussent à nouveau. Coralie regarde Anya, mais Anya n'a rien entendu.

L'automne dernier, quand Bruno a été attiré en bas de la falaise, Coralie s'était doutée que les Sévigny avaient un complice. Mais elle n'avait trouvé aucune preuve, si on ne comptait la personne en combinaison de plongée qui disparaissait chaque fois que Coralie essayait de la montrer à quelqu'un.

Coralie monte le thermostat pour réchauffer Anya. C'est défendu. « Qu'importe, pense Coralie. Les Sévigny sont payés pour s'occuper de nous. » La fournaise se met en marche, en grondant. La

10

maison est pleine de bruits sourds venant de la mer, des caves. S'il y a encore un gloussement, on ne peut l'entendre.

«Peut-être que je vais descendre et découvrir ce qu'il y a dans les caves, pense Coralie. C'est probablement juste la marée et mon imagination. C'est ce que diraient Michel et Ben.»

— Tu sais quoi? dit-elle à Anya. On n'a jamais exploré les caves. Il est supposé y avoir un passage depuis la baie de la Bougie jusque dans cette maison. C'est l'une des légendes, comme celle de la femme du capitaine se lançant de la coupole dans la mort. Allons voir si on découvre le passage.

Coralie trouve une lampe de poche et vérifie les piles.

— Tu viens? dit-elle à Anya.

Anya la fixe, admirative.

— Tu n'as jamais peur de rien, n'est-ce pas? J'aime être ici avec toi.

Elle sourit à Coralie avec la confiance d'une enfant de la maternelle. Pourtant c'est elle qui a dix-sept ans et Coralie, treize.

— Écoute ce que j'ai écrit jusqu'ici: «*Cher Bruno. C'est moi, Anya. Tu me manques.* Qu'est-ce que tu en penses, Coco?

Cela ne ressemble pas à une fille qui a récité du Molière.

Coralie tourne la poignée de la porte des caves. Elle s'accroche à sa lampe de poche comme si c'était une grande personne. «Il n'y a rien en bas», se dit-elle.

— C'est un bon début, Anya.

Tout l'automne, ses parents, ses amis et spécialement Michel et Ben ont dit à Coralie : « Pourquoi
accuses-tu les Sévigny de toutes les choses horribles
qui sont arrivées ? Pourquoi les blâmes-tu de l'effon-
drement mental d'Anya ? Les Sévigny sont des gens
merveilleux qui font de leur mieux ! Tu fabules. »

— Dois-je dire à Bruno que nous avons du thé et
des rôties pour nos collations ? demande Anya.

— Oui, raconte ça à Bruno.

Coralie presse l'interrupteur au haut des marches
de bois délabrées. « Nous allons voir si je fabule,
pense Coralie. Ce gloussement est le genre de
choses que les Sévigny feraient pour nous effrayer. »
L'automne précédent, quand les yeux de monsieur
Sévigny changeaient de couleur, il s'agissait tout
simplement de deux paires de verres de contact. Et
quand l'affiche sur le mur changeait de personnalité,
ce qui avait pour conséquence qu'Anya hurlait
chaque fois qu'elle la regardait, Coralie avait décou-
vert que madame Sévigny échangeait tout simplement deux affiches. « Personne ne voulait me croire.
Les adultes ne font pas de choses semblables, me
disait-on. Monsieur Sévigny est le meilleur directeur d'école que l'on ait jamais eu et madame
Sévigny est la plus créative des enseignantes de littérature au secondaire. *C'est toi* qui inventes,
Coralie. » Je parie que je vais trouver ici un enregistrement avec contrôle à distance qui leur permet de
déclencher des gloussements déments pour tenter de
nous rendre fous.

Coralie descend l'escalier, éclairant les recoins. Elle atteint la dernière marche et scrute les ténèbres à odeur de moisi. Quelques chevalets, de vieux outils, des pots de peinture. À une certaine époque de sa longue histoire, la grande cave a été divisée en plusieurs pièces. Les portes de ces pièces pendent à leurs gonds rouillés. L'une des portes avait un petit panneau de verre mais la vitre est cassée, il ne reste qu'un trou par où une main pourrait passer pour toucher Coralie. «Ne pense pas des choses pareilles», ordonne Coralie à son cerveau.

— Je sens un courant d'air sur mes chevilles, lui dit Anya, de la cuisine.

Sa voix est une plainte distante, comme sa vie.

«Je vais d'abord suivre les fils électriques», pense Coralie. Elle lève la tête. Une seule ampoule est suspendue au-dessus des marches branlantes. Aucun fil n'est visible, le courant électrique s'arrête à cette ampoule. L'enregistrement peut être alimenté par des piles.

Coralie traverse la première pièce: plancher de pierre, murs de pierre et toiles d'araignées. Elle regarde dans la pièce suivante: plancher de pierre, murs de pierre et toiles d'araignées.

Là-haut dans la cuisine, Anya marmonne:

— Un courant d'air.

Coralie entend Anya repousser sa chaise et traverser la cuisine. Puis, lentement, comme si elle n'était pas sûre de savoir comment le faire, Anya ferme la porte des caves.

La lumière qui provenait de la cuisine disparaît.

L'unique ampoule est plus faible que Coralie ne le pensait. Sa lumière est plutôt comme un brouillard.

Des profondeurs des caves, parvient un bruit net de pas. Coralie se fige. À l'extérieur, l'océan Atlantique force son passage à travers la baie de la Bougie. Coralie respire. « Voilà ! se dit-elle, c'est la marée frappant les rochers. »

Coralie s'enfonce dans les caves, marchant sur la pointe des pieds.

« Pourquoi suis-je si silencieuse ? pense-t-elle. Est-ce que je crois vraiment qu'il y a ici une créature que je ne veux pas effrayer ? S'il y a quelque chose ici, je veux absolument l'effrayer. »

Une profonde voix de gorge se met à glousser.

Chapitre 2

Coralie ne crie pas.

Le gloussement aspire l'air hors de ses poumons et le garde. Luttant contre ses poumons, Coralie essaie d'atteindre les marches.

Le gloussement s'enroue jusqu'à devenir un grognement. Ce n'est pas un enregistrement. C'est vivant ; ça la cherche comme des mains mortes.

Coralie tourne sa lampe de poche, tentant d'attraper le gloussement dans le faisceau lumineux. Son bras est crispé et la lumière sautille autour de la cave comme un feu d'artifice, n'éclairant rien.

— Va-t'en ! murmure Coralie.

Immédiatement : silence.

Coralie et le gloussement cessent tous deux de respirer.

Coralie tourne en rond, essayant de ne pas se faire surprendre par derrière.

— Anya, ouvre la porte ! chuchote Coralie.

Elle dépasse la fournaise, rien ne l'attaque.

Elle dépasse la porte pendante de la pièce vide, rien ne la touche.

— Anya ! appelle-t-elle d'une voix rauque.

Le gloussement reprend, courant sur les murs de pierre comme des araignées.

Coralie bondit dans l'escalier et agrippe la poignée. Celle-ci tourne à vide.

— Anya ! hurle Coralie, frappant la porte de sa lampe de poche. Anya, tu m'as enfermée ! Ouvre la porte ! Laisse-moi entrer ! Anya !

Au-dessus de sa tête, l'ampoule vacille.

— Non ! crie Coralie. Ne t'éteins pas !

L'ampoule s'éteint.

Coralie se tourne, pressant son dos contre la porte de la cuisine.

— S'il te plaît, ne sors pas du noir, prie-t-elle. S'il te plaît, va-t-en.

Elle chuchote, comme si elle ne pouvait permettre au gloussement caoutchouteux de l'entendre supplier.

Coralie touche ses cheveux.

Ses étranges cheveux qui l'ont toujours protégée. Ses cheveux de trois couleurs, avec leurs mèches argentées, dorées et brun chocolat. Elle sent que dans le noir le charme de son extraordinaire chevelure ne peut opérer ; le gloussement caoutchouteux ne saura pas qu'elle est Coralie de l'île, à la chevelure tricolore.

— Anya ! crie Coralie, en donnant un coup de talon dans la porte.

Il n'y a aucun son dans la cuisine. Il n'y a aucun son dans les caves. Elle peut presque entendre ses propres larmes couler le long de ses joues. Elle est seule dans le noir, dans les caves, avec le gloussement.

Coralie se laisse glisser le long de la porte de cuisine.

— Anya, murmure-t-elle. S'il te plaît, ouvre la porte.

Comment cela lui est-il arrivé?

Comment Coralie, née sur l'île du Brouillard brûlant, seule fille des plus merveilleux parents au monde, peut-elle finir en larmes et vaincue dans une cave de la maison du capitaine sur le continent?

Il y a si peu d'habitants permanents sur l'île du Brouillard brûlant que lorsque les enfants terminent leur primaire, ils doivent aller sur le continent pour faire leurs études secondaires et collégiales. (*Pensionnaire* se révèle être un terrible mot. Dur et plein d'échardes.)

Coralie n'a jamais fréquenté une école qui a des classes, une cafétéria, des corridors, des cloches qui sonnent, des cours de dessin, de musique, de gymnastique et des centaines d'élèves. Comme elle était excitée quand finalement, comme Anya Rossignol, Michel et Benjamin Jalbert, elle a été assez vieille pour monter à bord du bateau de Fred avec ses bagages et qu'elle a débarqué au quai du village.

Cette année devait être l'année où elle allait se sentir normale.

L'année où elle allait être comme tout le monde.

Elle avait tremblé de joie à la pensée d'être ordinaire.

C'était la dernière année de secondaire pour

Anya; Benjamin était un élève du collégial et Michel entrait en secondaire III. Ils auraient des amis; elle aurait des amis; Michel ferait partie de toutes les équipes; Anya resplendirait comme une lune nouvelle; et Coralie serait gâtée.

Mais Anya, la jolie Anya aux cheveux noirs comme un nuage d'orage, avait perdu contact avec la réalité. Anya avait été terrifiée par les marées qui montaient toutes les douze heures et s'écrasaient contre les rochers sous la pension. Anya avait été terrifiée par l'affiche épinglée au mur et dont les changements affectaient sa santé mentale.

Peu à peu, Coralie avait deviné la vérité. Perchée sur la falaise au-dessus de la mer scintillante, l'auberge de la Goélette semblait romantique de l'extérieur. Mais à l'intérieur... les Sévigny détruisaient Anya et s'en délectaient à chaque instant.

Aucun parent ne s'en apercevait. Même Benjamin et Michel, qui étaient présents, qui auraient dû voir, s'irritaient des explications que Coralie essayait de leur donner. «Coco, cesse de fabuler!» lui disaient-ils. Les Sévigny avaient convaincu Benjamin et Michel que Coralie inventait des histoires pour attirer l'attention.

Une seule personne, la professeure de mathématiques de Coralie, s'était rendu compte de ce qui se passait. Elle avait été renvoyée.

Alors Coralie s'était tournée vers Bruno, l'amoureux d'Anya.

Pourtant, même avec Bruno à ses côtés, Anya s'était effondrée. Ses bonnes notes fondirent comme neige au soleil, son esprit fléchit, elle quitta l'école. Bruno lutta. Mais les Sévigny avaient un plan.

Ils s'arrangèrent avec la créature en combinaison de plongée pour qu'elle incite Bruno à se lancer à sa poursuite. Ils avaient choisi le bon moment. Un raz-de-marée de neuf mètres s'avançait comme une armée vivante ; Bruno allait être taillé en pièces. Cependant, même les Sévigny ne pouvaient prévoir que par une chance extraordinaire un touriste passerait par là. Bruno fut sauvé, mais il dut rester à l'hôpital pendant plusieurs semaines. Il fut envoyé directement de l'hôpital à un pensionnat ; pour Anya, ce fut le coup fatal. Elle ne revit pas Bruno, dont les parents la tenaient responsable de tout ce qui était arrivé.

Bruno appartenait à un autre monde maintenant, et qui sait s'il ne croyait pas ce que ses parents et les Sévigny lui avaient raconté ? Ainsi, Coralie et Anya avaient perdu leur seul allié.

Mais Coralie avait riposté. Elle était une fille de l'île, elle était de granit, comme le rocher sur lequel elle était née ; rien ne pouvait l'arrêter.

Elle avait montré une chose ou deux aux Sévigny ! Ils s'étaient finalement aperçus qu'elle pouvait empêcher Anya de tomber aussi bien de la falaise réelle que de la falaise de son esprit. Il y avait eu une semaine, une merveilleuse semaine durant laquelle Coralie sut qu'elle, une fille de treize ans, était plus forte que le directeur d'école. Les Sévigny s'étaient inclinés devant Coralie.

Et puis, riant à la manière des adultes qui finissent

toujours par être les plus forts, les Sévigny avaient été chercher Dorothée, la petite sœur de Michel et Benjamin Jalbert, la meilleure amie de Coralie sur l'île. Dorothée était censée être en sixième année, en sécurité sur l'île pour une autre année. Mais monsieur Sévigny, usant de ses privilèges de directeur d'école, annonça que Dorothée «était trop brillante pour rester isolée sur cette île arriérée». Et les parents de Dorothée avaient accepté de laisser partir leur fille pour le continent.

Michel et Benjamin avaient-ils protesté? Avaient-ils dit: «Non, non, les Sévigny sont maléfiques!»? Bien sûr que non.

Michel et Benjamin étaient inconscients de tout ça.

Coralie ignore qu'elle s'est endormie contre la porte des caves.

La porte s'ouvre. Coralie tombe à la renverse dans la cuisine. La cruelle lumière du plafonnier l'aveugle. Clignant des yeux, elle lève la tête pour apercevoir Michel, Benjamin, Dorothée et les Sévigny qui l'observent de haut.

— Puis-je savoir, Coralie, demande madame Sévigny, pourquoi tu as choisi de passer ta matinée au sous-sol?

— J'étais enfermée là-dedans! répond Coralie.

Maladroitement, elle se met debout. Dorothée ricane. Michel et Benjamin secouent la tête d'un air amusé.

— Il y avait quelqu'un en bas, dit Coralie. Quelqu'un… il gloussait pour m'effrayer.

Les garçons lèvent les yeux au ciel.

— Coco ! fait Ben, cesse de fabuler. On te l'a dit et répété. Tu ne te feras jamais d'amis si tu passes ton temps à raconter des histoires insensées.

— C'est vrai ! insiste-t-elle. Quelqu'un vit dans ces caves ! Il est énorme et caoutchouteux, et il…

— Qu'as-tu lu récemment ? s'exclame Dorothée. Coco, reprends-toi. Tu es en train de dérailler comme Anya.

Anya apparaît, un plateau dans les mains. Une tasse et une assiette pleine de miettes sont posées sur le plateau.

— Anya, où étais-tu ? gémit Coralie. Je t'ai appelée ! Tu ne m'as pas secourue…

Le reste est couvert par les rires qui fusent à l'idée qu'Anya puisse secourir qui que ce soit. Effrayée par le tumulte, Anya rougit et en laisse presque tomber son plateau.

— Il faisait si froid ici, murmure Anya. Et tu étais partie, Coco. Je suis remontée dans ma chambre. Je suis plus en sécurité là-haut. Loin des vagues. Là, les choses ne peuvent m'atteindre.

Monsieur Sévigny perd patience.

— Coralie, regarde ce que tu as fait. Anya allait mieux. Maintenant, tu l'as terrifiée à nouveau. Elle a perdu tout le terrain gagné. Je pense que tu fais exprès de détruire le peu de confiance qu'Anya a en elle-même. (Il se tourne vers Anya.) Coralie aime exagérer, Anya chérie. N'écoute pas ce qu'elle dit.

Dorothée ricane doucement.

Coralie serre les dents pour ne pas montrer qu'elle est blessée.

— Change d'expression, jeune fille, ajoute madame Sévigny. Et redescends dans ces caves immédiatement !

Coralie se rapproche de Michel et Ben.

« Sauvez-moi ! pense-t-elle. Ne les laissez pas me renvoyer là, en bas ! »

Les garçons la poussent vers madame Sévigny, qui dit :

— Je vais t'accompagner, Coralie. Nous allons examiner chaque pièce. Nous allons regarder dans la poussière derrière la fournaise, et nous allons mesurer les espaces entre les tréteaux. Puis tu remonteras ici et tu avoueras devant tout le monde que c'était une autre de tes tentatives pour attirer l'attention.

Chapitre 3

— Ah ah, Coralie ! rit Jonas.

Il se moque d'elle. Coralie se sent bouillir de colère et de peine. Comment son meilleur ami peut-il ne pas croire ce qu'elle raconte ?

— Tu as l'imagination la plus fertile de tout le continent, la taquine-t-il.

Coralie s'éloigne. Comment a-t-elle pu trouver plaisante la compagnie de Jonas ? Comment a-t-elle pu penser qu'il comprendrait ?

Jonas court pour la rattraper.

— C'était probablement juste Anya dans la cuisine, qui rigolait doucement, propose Jonas.

Jonas grandit à une telle vitesse que ses jeans, neufs en novembre, sont déjà trop courts pour lui en janvier. Ses pieds démesurés martèlent l'allée de l'école. Il trébuche toujours sur quelque chose. Auprès de Jonas, Coralie se sent gracieuse. C'est une sensation agréable. Parfois, elle est reconnaissante à Jonas d'être si maladroit.

Mais pas aujourd'hui.

— Ne sois pas fâchée, Coralie, lui dit Jonas.

Elle a envie de lui sauter dessus.

— Il faisait noir et tu avais peur. Tu t'es juste affolée, c'est tout.

Coralie lui saute dessus. Mais Jonas la connaît bien. Il a bondi hors de portée. Dressant ses mains comme un bouclier protecteur, il lui dit :

— Les Sévigny sont pourris, je suis d'accord avec toi. Mais personne ne vit dans les caves, Coralie.

Lentement, comme incertain qu'il obéira aux ordres de son cerveau, Jonas met son bras autour des épaules de Coralie. Quel réconfort ! Le poids et la chaleur sont comme un contrat signé : *je suis ton ami*.

Sur l'île il y a peu de garçons : les frères de Dorothée, quelques petits garçons de première et deuxième année, un ou deux garçons plus âgés faisant déjà métier de pêcheur. Ici, à l'école, ils sont des centaines.

L'esprit de Coralie se remplit de garçons qui tourbillonnent comme à l'intérieur d'une boule que l'on secoue pour y faire neiger. Dans sa boule se trouvent tous les garçons de secondaire I et bien sûr Bruno... mais dans son cœur ils s'évanouissent, comme recouverts de neige. Il n'y a que Jonas. Ses yeux et ses oreilles s'emplissent de lui.

— On va être en retard pour le cours de littérature, chuchote Jonas, comme si c'était un secret.

Ils se prennent la main. Sa main à lui est très chaude dans la sienne. Comme si elle était fiévreuse.

Madame Sévigny est plantée devant le tableau. Elle donne un sujet à développer en classe. Sa voix est coupante comme le vent à dix sous zéro.

— Écrivez-moi un court texte sur vos rêveries de janvier, explique-t-elle à ses élèves silencieux. Un ou deux paragraphes. De bons adjectifs. Rien d'ennuyant. À quoi vous rêvassez pendant les plus longs et sombres jours de l'hiver.

Ils écrivent. Les mêmes élèves que d'habitude essaient d'être envoyés à l'infirmerie, et madame Sévigny leur donne sa réponse habituelle : ils peuvent vomir dans la corbeille si c'est nécessaire mais qu'ils finissent d'abord leur composition. Coralie griffonne. Elle casse la mine de son crayon. Jonas lui tend silencieusement un autre crayon. « Je t'aime », pense-t-elle. Mais il s'est penché sur sa copie avant que leurs regards ne se croisent.

— Terminé ! annonce triomphalement madame Sévigny.

Comme toujours, Vicki et Guylaine ramassent les copies, sachant que quelqu'un sera en difficulté, mais pas elles. Jamais elles. Madame Sévigny parcourt lentement la pile de feuilles. Les élèves prient tous pour ne pas être choisis pour lire leur composition tout haut.

— Coralie ! dit madame Sévigny. Lis, s'il te plaît. Nous serons si intéressés par ce que tu as écrit.

La classe se détend. Coralie peut tout supporter. Il vaut mieux que ce soit elle la victime de madame Sévigny que n'importe lequel d'entre eux.

Guylaine et Vicki s'adossent confortablement comme avant un spectacle.

Coralie fait face à la classe. Elle sait que sa composition est bonne, et même drôle. Alors pourquoi a-t-elle été choisie ? Quel tourment l'attend ? Madame Sévigny lui tend sa feuille. Pour une fois, il y a une expression sur le plat visage du professeur : du pouvoir. Quoi qu'il arrive, madame Sévigny l'aura prémédité.

Un souvenir de la panique ressentie dans les caves s'élève en Coralie. Des choses sombres et gluantes s'agitent dans son cerveau. Sa voix chevrote. Son menton tremble. Dans sa main, la feuille frémit.

Guylaine éclate d'un rire argentin.

Coralie cherche le regard de Jonas. Son sourire lui donne du courage. Elle commence à lire à haute voix :

— Ma rêverie de janvier. Par Coralie Rollin. J'ai la fièvre. La neige, le froid et la noirceur hâtive sont comme des démons. J'ai la folie d'hiver. J'avais tant de plaisir à revêtir mon chandail quand est arrivé le premier vent froid de septembre. Il avait les plus jolis motifs. Il était confortable. Maintenant, ce même chandail est un instrument de torture. En janvier, je rêve de brûler tous mes vêtements d'hiver. J'ai porté les mêmes chandails épais semaine après semaine après semaine. Dans ma rêverie de janvier, j'allume un feu de joie au milieu d'un champ de neige. Nous y jetons tous nos ennuyeux vêtements d'hiver. Alors nous nous sentons mille fois mieux, et nous pouvons rire tout au long de février.

Coralie a fini. Comme sa composition est brillante ! Certainement que les autres considèrent leur garde-robe d'hiver de la même façon. Elle se dit que ses camarades vont applaudir, et elle se prépare à sourire en retour.

Au lieu de cela, Vicki éclate de rire :

— Alors tu vas te promener toute nue en février, Coralie.

— Nous, nous avons des tonnes de vêtements, poursuit Guylaine. J'ai à peine commencé à montrer ma collection de chandails. J'en ai trente-quatre. Combien en as-tu, Coralie ?

— Peut-être qu'on devrait constituer une garde-robe pour Coralie, madame Sévigny, reprend Vicki. Comme ça, elle aurait quelque chose de décent à porter.

Madame Sévigny dit que les filles de l'île ont trop de fierté pour qu'on leur fasse la charité mais que c'est très délicat de la part de Vicki d'avoir eu cette pensée. Les gens biens comme Vicki, dit-elle à la classe, font toujours passer les autres en premier.

Coralie trouve son chemin jusqu'à sa place. Elle peut sentir la pitié de Jonas. Elle déteste la pitié. Elle n'a plus d'amour pour lui, si c'est ce qu'a été cette minute de fièvre.

Vicki touche la manche de Coralie :

— Peut-être que tu devrais seulement laver tes vêtements une fois cet hiver et tu te sentirais mieux.

Madame Sévigny fait un étrange petit sermon tout en allant et venant parmi les rangées de pupitres.

— Les rêveries de janvier ! répète-t-elle. Les rêveries peuvent être très dangereuses, les amis. Vous devez être certains que vous désirez vraiment ce à quoi vous rêvassez.

Elle s'arrête devant le bureau de Coralie. Dans la

bouillie qu'est son visage, ses yeux aux lourdes paupières fixent Coralie.

— Parfois, continue-t-elle, quand les rêves deviennent réalité, on est désolé.

Elle a parlé doucement. Sa voix rampe dans les oreilles de Coralie comme une souris dans la nuit.

Comme toute torture, la classe se termine éventuellement.

À midi, Coralie cherche Jonas. Devant elle, dans le hall, elle aperçoit monsieur Sévigny. Il tient à la main une serviette en cuir usé. Le cuir est poli pour rester souple et luisant.

« Il aime cette serviette », pense Coralie.

Elle reste dans le flot des élèves allant et venant durant les trente minutes les plus importantes de la journée : le dîner. Monsieur Sévigny entre dans son bureau. Quelques minutes plus tard, il en resort, sans sa serviette.

Coralie se glisse dans la salle de toilettes des filles pour éviter d'être repérée.

Elle prend une serviette de papier et la plie plusieurs fois. Dès qu'elle est seule, elle déverrouille une fenêtre, l'ouvre d'un centimètre et pousse le papier dans la fente.

Chapitre 4

Après l'école, Coralie attend Dorothée pour aller patiner.

Le service d'incendie du village défend à quiconque de patiner sur le lac cette année. Il n'est pas assez gelé à cause du courant circulant dessous. À la place, le terrain de stationnement derrière la quincaillerie a été arrosé.

Coralie est une patineuse ordinaire, mais quand elle lace ses patins, elle se sent comme une star olympique ; dans sa tête, elle entend des nations applaudir.

Dorothée arrive en courant de l'école primaire ; son cartable, ses patins et son écharpe volant derrière elle comme des êtres distincts. Son épaisse chevelure rousse est nattée en deux tresses parce que Dorothée n'est qu'en sixième année et n'a pas commencé à se préoccuper de ses cheveux.

Dorothée a toujours tant à dire ; elle commence à parler avant même d'être assez près pour être entendue :

— … à cause de gens qui regardent. Je tombe

trop souvent. Je préfèrerais lire à propos du patinage plutôt que de patiner moi-même. Alors n'allons pas au terrain de stationnement. Les gens vont rire de moi. Allons au lac.

Elle prend la main de Coralie. Dorothée est une grande teneuse de mains. Elle tient la main des professeurs, des brigadiers et des aides à la cafétéria.

— On ne peut pas patiner sur le lac, objecte Coralie. C'est défendu maintenant.

— Je déteste ce qui est défendu, réplique Dorothée.

Dorothée croit que le monde entier devrait tourner autour d'elle. Dorothée est née à la fin novembre et sa mère avait permis qu'elle soit le Jésus de la crèche dans le spectacle de Noël de cette année-là. Dorothée n'avait que quatre semaines et une sainte Vierge de dix ans l'avait laissé tomber tête première dans la mangeoire. Il n'y avait aucun dommage au cerveau leur avait assuré le médecin. (Ses frères aînés disent toujours qu'il y en a eu plein.) Depuis ce temps, ses parents la surprotègent.

Personne ne peut vraiment faire la moue aussi bien que Dorothée si les choses ne vont pas comme elle le veut.

Mais tout va comme elle le veut présentement. Tandis que Coralie se sent plus loin de l'île du Brouillard brûlant que de la Sibérie, Dorothée a simplement adopté les Sévigny comme parents.

— Tu ne veux pas vraiment patiner, n'est-ce pas ? demande Dorothée. Rentrons et installons-nous confortablement pour lire.

La vie de Dorothée est pleine de livres. Des livres à souligner, à lire sous les couvertures, à lire tout haut à Coralie.

— S'il te plaît, Dorothée ? J'aime patiner. Regarde, de la neige intacte ! crie Coralie. Faisons une chaîne d'anges.

Elles s'étendent dans la neige, bougeant leurs bras et leurs jambes étendus pour faire les robes et les ailes, puis allant un peu plus loin dans la neige fraîche pour faire l'ange suivant. Elles font une chaîne d'anges jusqu'à la clôture à neige.

— Allons, insiste Coralie, viens au terrain de stationnement. Ils ne riront pas de toi. On patinera ensemble. Tu ne tomberas pas.

Dorothée secoue la tête. Coralie pense que Dorothée n'est plus intéressée à être amie avec elle. Les Sévigny ont grignoté un passage dans le cœur de Dorothée comme des sorcières dans une maison de pain d'épices. Dorothée leur offre ses dessins et leur dédie ses compositions.

« Si les Sévigny continuent à la grignoter, pense Coralie, Dorothée n'aura plus de cœur du tout. Elle sera vide. Demain, ça va recommencer. Je le sens. Les Sévigny sont prêts à attaquer. »

— Regarde le lac, dit Dorothée. La neige nous arriverait à la taille. Les pompiers sont seulement trop paresseux pour le dégager.

Dorothée fait la moue. Coralie lui prend la main, soulagée. Elles seront obligées d'aller au terrain de stationnement pour patiner.

Soudain, du lac, monte un profond grondement.

Comme celui d'un grizzly. Un énorme grondement rauque comme celui d'un monstre sanguinaire.

Les filles sont aussi immobiles que des statues de pierre. Leurs vestes colorées sont des cibles dans la neige blanche.

Le grondement revient. Aussi profond qu'une grotte.

Ou une cave.

— Il y a quelque chose sous la glace, chuchote Dorothée. Il va nous attraper.

Le troisième grondement est encore plus fort, comme si la glace attaquait.

Les filles s'enfuient.

Elles s'enlisent dans la neige épaisse. Elles repassent la clôture à neige, vers leur chaîne d'anges.

Mais le vent, ou autre chose, a été à l'œuvre.

Les anges n'ont plus de tête.

Chapitre 5

Coralie et Dorothée courent jusqu'à l'école. Mais l'école est finie depuis longtemps, les portes sont fermées.

— Rentrons à la maison, gémit Dorothée.

« La maison ? pense Coralie. La maison est sur une île, loin d'ici. Tout ce que nous avons, ce sont les Sévigny et les caves, où vit un être caoutchouteux. »

— Coco, je veux rentrer à la maison, dit Dorothée, presque en langage de bébé.

Mais Coralie n'écoute pas.

Devant elle, il y a une fourgonnette étincelante. La mère de Guylaine la conduit. À l'intérieur, rieurs, des garçons et des filles de secondaire I sont entassés.

Coralie oublie le lac, les anges, le grondement.

— Ce sont ceux de ta classe, s'étonne Dorothée. Coco, vont-ils quelque part ? Pourquoi n'y vas-tu pas, toi aussi ?

Guylaine, qui règne pratiquement sur le secondaire I, jette un regard méprisant à Coralie.

— Je n'ai pas été invitée, répond Coralie.

Y a-t-il pire phrase au monde ? Son cœur souffre. Même ses articulations souffrent, comme si le fait de n'avoir pas été invitée lui donnait des rhumatismes.

Tous ses amis sont dans la fourgonnette. Ils vont à la Pizzaollé jouer aux jeux vidéo et manger de la pizza. Ils aperçoivent Coralie et la saluent. « Tu n'es pas invitée. » Guylaine et Vicki frappent ensemble leurs paumes levées, comme des vainqueurs de tournoi. « Tu n'es pas invitée. »

Toute volonté quitte Coralie. Quand Dorothée refuse à nouveau de patiner au terrain de stationnement, elle hausse les épaules. Elles prennent le chemin de l'auberge de la Goélette, à travers le village tant apprécié des touristes et par le pont Chantant.

— J'ai de très bons livres de la bibliothèque pour ce soir, dit rêveusement Dorothée. J'ai hâte de commencer à les lire.

Dorothée peut rester pelotonnée durant des heures à tourner les pages d'un livre.

— Parfois je pense que ce n'est pas bon de passer tant de temps à choisir des livres, confie Dorothée à Coralie. C'est probablement comme une drogue. Je vais devenir si intoxiquée que je m'accrocherai, en larmes, à la porte de la bibliothèque quand ils voudront fermer pour la nuit.

Au-dessus d'elles se dessine la masse blanche de l'auberge de la Goélette. La porte d'entrée s'ouvre, comme mue par une commande à distance. Madame

Sévigny l'a sans doute ouverte, mais personne n'est visible. Il n'y a que des ténèbres, comme si la maison n'avait pas d'occupants doués de vue. Des anges sans tête, peut-être.

Coralie frissonne. Mais Dorothée dit joyeusement :

— Bonjour, madame Sévigny ! Avez-vous eu une belle journée ? Je vais vous raconter ce que j'ai fait !

Elle quitte Coralie, balançant ses précieux livres, se jetant dans des bras invisibles.

Le vent referme la porte avant que Coralie ne puisse entrer. Elle reste seule sur la dernière marche, tâtant la poignée.

* * *

Ils ont un souper classique de temps de blizzard : des crêpes, du sirop d'érable et des saucisses.

Les deux frères de Dorothée dévorent comme des bêtes affamées, versant du sirop d'érable sur des monceaux de beurre au sommet de montagnes de crêpes. Michel parle de basket-ball. Ben, qui travaille les après-midis dans un garage, parle de transmissions et d'huile à moteur.

Coralie trouve remarquable qu'ils s'intéressent à ces choses.

Il y a eu une époque où elle était amoureuse de Michel, c'était quand elle n'avait jamais quitté l'île et n'avait pas de point de comparaison. Maintenant, elle trouve Michel égoïste : attentif à rien d'autre qu'à ses coéquipiers et ses parties.

D'ailleurs, elle a d'autres garçons à qui penser : Jonas et Bruno.

Bruno est parti depuis si longtemps. C'est difficile de se souvenir du physique de Bruno, mais elle peut l'imaginer comme une photographie : lustré et parfait, ses vêtements chics, son sourire aussi profond que la mer. Elle a touché son épaule une fois, et il a touché la sienne. Chaque jour ensuite, Coralie a dû se répéter : « Tu n'es qu'une petite fille. Il te remarque à peine. Il est amoureux d'Anya. »

Aucun autre garçon n'est comparable à Bruno.

Ben et Michel sont juste deux pensionnaires plus bruyants, négligents et affamés qu'elle ne l'est.

Monsieur Sévigny est assis à un bout de la table. Il porte un costume gris anthracite et un élégant gilet rouge vin.

Madame Sévigny est assise à l'autre bout de la table. Elle est le contraire de son mari à tous les égards. Large, laide, ses doigts sont des chicots comme des bougies brûlées. Chaque fois qu'elle passe un plat, Coralie est surprise que des doigts si courts puissent le tenir.

La pauvre Anya flotte autour de la table, ne se reposant pas, ne touchant pas à la nourriture qu'on lui a servie. Personne ne fait plus attention à Anya. Ses yeux sombres ont perdu leur éclat, comme si personne ne vivait plus derrière eux. La maison d'Anya est vide.

Coralie saupoudre ses crêpes de sucre glace à la place du sirop d'érable. Elle découpe des bouchées en triangles, laissant des morceaux de crêpes partout sur son assiette.

— Coralie ! dit madame Sévigny, tu es trop vieille pour jouer avec ta nourriture. Mange tout simplement, s'il te plaît.

Elle s'est déjà battue à propos de la nourriture. Ils ont toujours gagné. Une fois, Coralie leur a tenu tête jusqu'à minuit. Ils ont appelé ses parents, et ceux-ci se sont rangés du côté des Sévigny. (« Coralie ! avait dit sa mère, furieuse. Qu'est-ce qui te prend ? Te révolter pour de la purée de pommes de terre ! Cesse de faire l'enfant ! »)

Coralie examine les morceaux de crêpes. Puis elle les écrase avec le dos de sa fourchette et les enfourne tous dans sa bouche d'un coup. C'est comme manger des oreillers mouillés.

Dorothée, qui a à peine touché à son repas, dit :

— Oooooh ! C'était bon, madame Sévigny.

Elle glisse de sa chaise, fait lentement le tour de la table et pose sa tête sur l'épaule de madame Sévigny. Madame Sévigny ne la dispute pas pour ne pas avoir terminé son lait et pour n'avoir mangé que le centre de ses crêpes.

Dorothée met ses deux nattes autour de sa bouche, comme une guirlande de Noël.

— Vous savez quoi ? dit-elle à travers ses cheveux. Coralie a voulu me faire patiner. On est allées au lac et...

— Quoi ! crie monsieur Sévigny.

Il tourne vivement son visage distingué dans la direction de Coralie. Ses yeux sont bleus, aujourd'hui, et froids.

— Coralie Rollin ! poursuit-il. Je suis sidéré. Tu

as emmené Dorothée sur cette glace dangereuse?

La langue de Coralie s'empêtre, essayant d'expliquer. Le regard de monsieur Sévigny ralentit ses pensées.

Les frères de Dorothée se souviennent qu'il y a d'autres choses dans la vie que le basket-ball et les voitures.

— Coralie! lui crie Benjamin. Tu es la plus âgée! Tu dois prendre soin de Dorothée!

— Qu'est-ce qui t'arrive, stupide? dit Michel.

Coralie attend que Dorothée admette que c'était *son* idée.

Mais Dorothée ne dit rien. Elle se colle encore plus contre madame Sévigny et celle-ci la berce comme un bébé.

Les yeux de monsieur Sévigny lancent des éclairs vers Coralie.

— Le lac, vraiment! Veux-tu que Dorothée passe à travers la glace et coule?

Madame Sévigny pointe son gros index vers Coralie. L'ongle est rongé jusqu'à la chair, mais il est tout de même verni, rouge sang.

— Dorothée, dis-leur comment ça s'est passé! ordonne Coralie.

— Nous avons fait des anges dans la neige, raconte Dorothée. Le vent a effacé leurs têtes. Comme dans une exécution. Et puis la glace du lac a hurlé contre nous.

— Expansion, explique son frère Ben. Quand la glace devient plus froide ou plus chaude, elle se contracte ou se dilate. Cela fait des bruits terribles.

Madame Sévigny sourit, exposant ses horribles petites dents, jaunes comme des grains de maïs. Elle joue avec les grosses nattes de Dorothée.

— Dorothée chérie, que feras-tu ce soir?

Ils en ont fini avec Coralie. Ils ne lui accorderont plus d'attention ce soir.

Anya passe, n'ayant rien dit, n'ayant probablement rien pensé, n'ayant certainement rien mangé.

«Je suis juste devenue un tout petit peu comme Anya, pense Coralie. Vide. Invisible. Voilà pourquoi Dorothée s'éloigne de moi. Même pour Ben et Michel, je ne suis rien. C'est comme ça que les Sévigny détruisent. C'est ce qu'ils ont fait à Val, la sœur de Robert. Maintenant, c'est à moi que ça arrive. Même pour ma mère et mon père, je suis juste une personne qui doit obéir aux Sévigny.»

— Lire, répond Dorothée, avec une immense satisfaction. J'ai deux romans policiers, deux romans d'amour et deux livres de science-fiction.

— Tu lis trop, ma petite Dorothée, dit monsieur Sévigny. Une jeune fille équilibrée développe son corps autant que son esprit.

— Je préfère lire au sujet des sports plutôt qu'en faire. Qu'en diriez-vous si je choisissais un vrai bon livre sur le ballet? Ou sur les chevaux?

Ses frères perdent tout intérêt à la conversation. Ils attaquent le dessert.

— Je pourrais devoir te confisquer ta carte de bibliothèque, la taquine monsieur Sévigny.

— Je vais lire au lit, dit Dorothée, rejetant toute allusion aux activités sportives. Elle ramasse lentement son sac de livres, comme si le souper l'avait épuisée.

— J'ai toujours pensé que je ferais une excellente invalide, dit-elle aux Sévigny. Je resterais couchée et je lirais. Tout ce qu'il me faudrait, c'est assez de force pour tourner les pages.

— Tu pourrais peut-être avoir un accident, dit doucement madame Sévigny.

Le sang de Coralie semble cesser de couler. Les Sévigny iraient-ils aussi loin?

— Je serais très brave, approuve Dorothée.

D'un bout à l'autre de la table, les Sévigny se sourient.

Chapitre 6

Quand tout est devenu silencieux pour la nuit, Coralie sort de l'auberge de la Goélette.

Il est deux heures du matin. Le village est silencicux.

Dans la nuit, l'école est comme un monstre : sombre et maléfique dans la neige teintée de clair de lune. Coralie enlève son capuchon, libérant ses cheveux tricolores. Elle compte sur les mêches dorées et argentées pour la protéger des démons de la noirceur. Qui aurait dit qu'elle commencerait le deuxième trimestre par un cambriolage ?

« Et si je suis prise ? » pense-t-elle en s'aplatissant contre le mur de brique glacé.

Qu'elle soit prise, c'est exactement ce que les Sévigny veulent. Mais personne d'autre qu'elle ne peut les arrêter.

Coralie connaît bien les Sévigny. Pour se divertir, la plupart des gens regardent une vidéocassette ou lisent ; les Sévigny, eux, font le mal. Il y a quelque part une serviette de cuir qui contient des fiches et des photos de leurs anciennes victimes.

Coralie peut imaginer monsieur Sévigny… la porte de son bureau fermée… prenant une fiche bien-aimée dans les profondeurs du cuir noir. Elle peut imaginer son sourire intime et triomphant.

Le pouvoir des adultes ! Comme ils peuvent humilier un enfant en classe. Comme ils peuvent facilement manipuler et effrayer. Comme ils peuvent contrôler l'avenir d'un enfant par de fausses rumeurs ou des coïncidences savamment calculées.

Anya était la fierté de l'île du Brouillard brûlant. Mais à présent, Anya est une décrocheuse. Les Sévigny ont été si habiles ! Ils ont convaincu tout le monde que c'était la faute d'Anya. «Pauvre Anya, elle a un caractère faible», ont-ils dit.

La victime précédente a été Val, la sœur de Robert. Coralie se souviendra toujours de l'avertissement de Robert à la rentrée des classes, l'automne dernier :

— Tu es nouvelle, ici, Coralie. Tu as vécu sur une île, protégée. Sois prudente avec les Sévigny.

— Pourquoi ? avait demandé Coralie.

— J'ai une sœur aînée, avait-il répondu, ne donnant de sa sœur aucune description, aucun nom, comme si elle n'était pas vraiment une personne. Les yeux de Robert étaient tristes et sombres.

Plus tard, Coralie a trouvé. La sœur de Robert s'appelle Val. Son état est pire que celui d'Anya. Elle a été enfermée dans un hôpital psychiatrique. Elle y est encore.

— Pourquoi tes parents ne font-ils rien contre les Sévigny ? a crié Coralie.

— Ils sont reconnaissants aux Sévigny, a calmement répondu Robert. Pour avoir trouvé un psychiatre et, quand ça n'a rien donné, pour les avoir aidés à la placer.

Parmi les fiches qui font sourire monsieur Sévigny, il doit y avoir celle de Val. Il a vraiment triomphé avec elle. Val est devenue… rien.

Avant Val, Coralie ne sait pas. Les Sévigny n'étaient pas au village en ce temps-là.

« Je vais le découvrir, se dit Coralie. Je vais savoir la vérité. Je vais arrêter les Sévigny avant qu'ils ne remplissent d'autres fiches avec Dorothée et moi. »

Coralie saisit une poubelle et la place sous la fenêtre des toilettes des filles.

« Et si monsieur Sévigny était allé dans les toilettes pour vérifier, après l'avoir vue en sortir ? Et s'il connaissait ses projets ? Et s'il l'avait entendue quitter l'auberge et qu'il l'avait précédée ici ? »

Le rythme de sa respiration devient frénétique. Elle grimpe sur la poubelle. Ses doigts glacés cherchent la fente de la fenêtre.

Ni les concierges ni monsieur Sévigny n'ont trouvé son papier plié. Elle force ses doigts dans la fente et soulève la fenêtre.

Projetant l'un de ses pieds à l'intérieur, Coralie se met à plat ventre sur le rebord de la fenêtre et se laisse glisser dans l'école. Son cœur bat si fort qu'elle a mal à la poitrine. Elle prend sa lampe de poche dans sa veste et l'allume.

Les lavabos étincellent, froids et métalliques. Elle se glisse hors des toilettes.

Il n'y a pas de fenêtres dans le corridor.

La noirceur est complète. Aussi malsaine, aussi anormale que les Sévigny.

Quelqu'un respire dans le noir.

Coralie se fige comme un glaçon. Elle ne peut pas penser. Le souffle est lourd, irrégulier. Il... il...

« C'est moi, pense-t-elle. Je suis si effrayée que j'halète. »

Elle s'appuie contre le mur. Elle se calme.

Elle est forte de son but, aussi forte que le granit de l'île d'où elle vient.

« Ils ne peuvent m'arrêter », pense fièrement Coralie.

Elle oublie le nombre de filles qu'ils ont arrêtées avant elle. Des filles plus âgées, plus fortes, plus intelligentes.

Chapitre 7

La porte du bureau de monsieur Sévigny est ouverte.

Coralie se colle contre le mur. Du bout du pied, elle pousse la porte, comme un policier craignant que le bandit à l'intérieur n'ait un fusil.

La serviette est près du bureau, à moitié dissimulée dans la cavité où monsieur Sévigny met ses pieds. Où il peut caresser le cuir en se penchant, comme Coralie l'imagine, et se rappeler joyeusement ce que la serviette contient.

Coralie soulève la serviette. Elle est pleine.

«Ça doit être les documents que je cherche!» pense-t-elle.

Coralie sort du bureau, laissant la porte se refermer. Cela fait un petit clic. Elle retourne dans le corridor.

Au loin, brille une enseigne SORTIE rougeâtre et poussiéreuse.

Un homme se tient sous l'enseigne, ses épaules rosies par la lumière. Il rit en un bas gloussement dément. Son sombre corps caoutchouteux luit.

Coralie sait que c'est un homme à cause de sa grande taille… et pourtant ses formes sont trop imprécises pour être humaines. Il est autre chose. Quelque chose d'inhumain.

Gloussant, l'être se met à avancer d'une manière fluide, comme s'il était sous l'eau… nageant vers Coralie.

Elle se sent sous l'eau elle-même… les yeux, le cerveau, les poumons, les jambes entravés de terreur.

L'être fait signe à Coralie.

L'être nage dans le corridor, les bras tendus pour l'attraper.

Il n'y a nulle part où aller à part le corridor.

Coralie s'enfuit dans la direction opposée à l'enseigne.

L'être gloussant, caoutchouteux, a de plus longues jambes que Coralie. De plus, il n'est pas ralenti par une pesante serviette.

L'être vient si près que Coralie peut le sentir. Il a une odeur de marée basse, comme l'océan en été.

Coralie s'engouffre dans le gymnase.

Elle éteint sa lampe et se réfugie sous les gradins. Ses poumons se soulèvent, aspirant l'air comme s'ils appartenaient entièrement à quelqu'un d'autre. « Chhhhhut ! » dit-elle à ses poumons. « Hhhhhh ! » répondent-ils, mendiant de l'oxygène.

Les portes du gymnase s'ouvrent toutes grandes.

Durant un horrible instant, la créature gluante se découpe dans la faible lueur rose provenant du corridor.

Puis, les portes du gymnase se referment.

L'être caoutchouteux est dans le gymnase avec Coralie.

S'approchant, venant droit sur Coralie comme s'il pouvait la voir dans le noir. Comme si le blanc des yeux de Coralie ou le halètement de ses poumons lui faisaient signe. Le gloussement est à moitié un grognement, à moitié une insanité.

L'odeur de la mer est si forte que c'est comme si la marée montait. Cet être, vit-il sous l'eau? Est-il humain? Le pouvoir maléfique des Sévigny s'étend-il à un autre monde que Coralie ne peut même pas imaginer?

L'être s'approche des gradins... non sur le côté, où il pourrait se glisser jusqu'à l'endroit où Coralie se cache et l'attraper, mais par devant, où il peut pousser les gradins les uns dans les autres. Les fracasser contre le mur.

Écraser Coralie.

Coralie est blême de peur. Voilà comment Anya se sent: agenouillée, impuissante, prisonnière; une victime. Sans refuge, sans espoir.

L'être en combinaison luisante pousse la première rangée de gradins sous la deuxième. Il va pousser jusqu'à ce qu'il n'y ait plus d'espace pour Coralie. *Jusqu'à ce qu'il n'y ait plus de Coralie.*

Les gradins protestent. Ils grincent. Ils résistent un peu.

Coralie de l'île, forte comme le granit, ravale ses larmes. Elle ne suppliera pas. Elle ne demandera pas grâce.

Elle a des preuves en main, mais il y aura une autre sorte de preuve au matin.

Le corps de Coralie Rollin.

« Je veux maman ! » pense Coralie. Elle serre contre elle les mitaines que sa mère lui a tricotées. Elles lui donnent du courage. À croupetons, Coralie avance vers un côté des gradins.

L'être doit se servir de son épaule pour forcer les gradins, mais cela ne lui coûte qu'un léger grognement. Habituellement, cela prend l'équipe entière de basket-ball pour repousser les gradins.

Coralie émerge à la limite des gradins.

« Si l'être m'attrape... » pense-t-elle.

Elle attend le moment où il place son épaule contre les sièges entassés. Puis, elle se met à courir.

Elle sort du gymnase, claquant la porte contre le mur. Elle se précipite dans les toilettes des filles. « S'il vous plaît, laissez-moi entrer ici et refermer la porte avant qu'il ne voie où je vais ! » prie-t-elle.

Elle grimpe vers la fenêtre.

Derrière elle, la porte des toilettes s'ouvre et le gloussement transperce l'air de la pièce comme un couteau.

Coralie se jette par la fenêtre, rate la poubelle d'un centimètre mais atterrit sur un matelas de neige fraîchement tombée.

Elle bondit sur ses pieds. Dans le terrain de stationnement, les lumières l'illuminent comme un papillon de nuit qui va être épinglé.

Elle court à travers la cour de récréation, vers le village.

Elle n'entend pas le gloussement, mais c'est parce que l'océan Atlantique gronde et que le vent hurle.

Elle arrive au pont Chantant, dont la structure d'acier est couverte de glace. À chaque éclaboussement de la très haute marée, une autre couche s'ajoute.

« Je vais être emportée, pense-t-elle. Je vais être comme une jeune fille dans un poème ancien : tout en glace. Même mon cœur et mon âme seront glacés.

Exactement ce que les Sévigny veulent.

Ils l'ont prévu.

Ils savent.

Ils sont au courant à l'instant présent.

Et ils rient. »

Chapitre 8

«Je me suis trompée, pense Coralie. Ce n'est pas après Dorothée qu'ils en ont. C'est après moi.»

Elle rampe sur la côte Casse-cou. Elle atteint les portes de l'auberge de la Goélette. Elle se glisse à l'intérieur. L'atmosphère de la maison est infectée par les Sévigny.

«Je suis vieille, pense Coralie. Peut-être mes cheveux sont-ils gris à présent, plutôt que dorés, argentés et brun chocolat.»

Elle touche ses cheveux, mais tout ce qu'elle sent c'est de la neige fondante. Elle n'a plus la serviette. Elle l'a laissée tomber quelque part.

Elle fixe ses mains vides. Comment? Oh! Comment a-t-elle pu faire ça? Être passée par une telle torture, pour perdre ensuite les documents, la preuve!

Elle pleure en montant vers sa chambre.

Au haut de l'escalier s'avance une forme blanche. Du blanc ondoyant comme la neige ou les fantômes. Coralie est enveloppée de blanc.

Elle essaie de crier mais le blanc l'étouffe.

— C'est moi, Anya, chuchote la forme blanche.

Où étais-tu, Coco ? Les Sévigny sont montés dans ta chambre, et quand ils ont vu que tu n'étais pas là, ils ont ri. Est-ce que ça va ?

Elles marchent sur la pointe des pieds jusqu'à la chambre de Coralie.

— J'ai branché la couverture électrique après le départ des Sévigny, poursuit Anya.

Sous la couverture, elles se serrent dans les bras l'une de l'autre jusqu'à ce que Coralie cesse de trembler.

— Anya ? dit Coralie.

— Mmmmm ?

— Es-tu de retour ?

— Que veux-tu dire, Coco ? Je ne suis pas partie. Je vis ici.

— Mais… tu m'as attendue.

— Je ne dors presque jamais, dit Anya. Je reste étendue et j'écoute la mer. Elle exige l'un de nous. Ça ne me fait rien si c'est moi. Mais je ne veux pas que ce soit toi.

« Elle n'est pas vraiment de retour, pense Coralie. Je ne peux rien lui dire au sujet de cette nuit. Je n'ai toujours pas d'alliée. »

Coralie voudrait pleurer sur elle-même ou sur Anya. Mais elle est trop fatiguée. Elle s'endort.

Anya est étendue, ses cheveux noirs drapant l'oreiller. Elle ne fait aucun rêve, elle ne pense à rien. Elle est vide.

Au déjeuner, Coralie a l'impression que les Sévigny la surveillent plus que d'habitude. Dorothée est assise sur la chaise à côté de madame Sévigny.

— J'ai encore lavé les fenêtres de ma chambre, dit-elle, d'une voix tremblante.

Le sel provenant des vagues qui fouettent la falaise rend les fenêtres opaques. Coralie aime les fins dessins givrés mais Dorothée geint, lui disant :

— Elles m'enferment. Elles me gardent prisonnière dans ma chambre.

— Ne le dis pas tout haut, lui chuchote Coralie. Tu ne dois pas laisser les Sévigny t'entendre dire cela.

Mais Dorothée se tourne vers monsieur Sévigny et le lui dit, parce qu'il compatit quand quelqu'un a peur de quelque chose.

— Pauvre Dorothée ! dit-il. Tu as peur de suffoquer, n'est-ce pas ?

— Et il y a autre chose aussi, continue Dorothée, malgré les signaux de Coralie. Je n'aime pas le balcon ni la façon dont la porte des toilettes s'ouvre directement sur les escaliers. S'il vous plaît, puis-je avoir une chambre au deuxième étage ? Personne n'occupe les chambres d'invités. Comme ça, je n'aurais pas à monter jusqu'au troisième. La nuit, je n'ose même pas aller à la toilette parce que j'ai peur de trébucher.

— Tu dois apprendre à vaincre tes peurs, dit monsieur Sévigny.

— Pourquoi ne pas simplement changer de chambre ? demande Coralie.

Monsieur Sévigny dit que Coralie est satisfaite que Dorothée soit faible et peureuse.

— Comme ça, poursuit monsieur Sévigny, tu as toujours une petite suivante.

Coralie serait bien restée pour discuter mais Ben et Michel dévalent les escaliers. Aujourd'hui particulièrement, Coralie ne tient pas à être seule avec un Sévigny. Coralie suit les garçons.

Verra-t-elle un monticule de neige ayant la forme d'une serviette ?

La créature gloussante l'a-t-elle trouvée et replacée dans la cavité sous le bureau du directeur ?

Durant le cours de littérature, Guylaine chuchote à Coralie :

— J'organise une fête en pyjama, samedi soir. Tu peux venir cette fois. Ça ne me dérangerait pas.

— J'ai bien peur de ne pas être libre, s'entend répondre Coralie. J'organise ma propre fête en pyjama.

Elle ne comprend pas ce qui lui a pris. Les Sévigny ne lui permettront jamais d'inviter des amies pour une fête durant toute la nuit.

De plus, aimerait-elle vraiment que le secondaire I sache comment vivent les insulaires ?

Mais toute la journée, Coralie se surprend en train d'inviter tous ceux qu'elle connaît, uniquement pour qu'ils n'aillent pas à la fête en pyjama de Guylaine.

Chapitre 9

« Je souhaiterais être belle, pense Coralie. Je suis intéressante. Je suis différente. Mais je ne suis pas belle. »

Elle emprunte les rouleaux d'Anya pour boucler ses cheveux.

Soudain, Anya dit :

— Tu mets trop de cheveux sur les rouleaux. Attends, je vais le faire.

Cela surprend toujours Coralie quand l'ancienne Anya refait surface, comme si des morceaux d'elle flottaient alentours et s'accrochaient occasionnellement à des détails comme des rouleaux à cheveux.

Peut-être que les Sévigny l'ont mal jaugée. Ils croient Anya complètement détruite, mais peut-être qu'elle se rétablit.

« Les Sévigny ne doivent pas le savoir, décide Coralie. Il ne faut pas qu'ils voient Anya revenir dans la réalité. Sinon, ils la persécuteront de nouveau. Cette fois, comme Val, ils la feront enfermer. »

Quand Anya retire les rouleaux des cheveux de Coralie, de douces vagues élégantes retombent sur ses épaules et brillent dans la lumière de la lampe.

Le téléphone sonne. Madame Sévigny répond en bas puis appelle :

— Coralie, c'est pour toi ! Ne reste pas trop longtemps au téléphone à moins que ce ne soit pour des devoirs. Le téléphone n'est pas un jouet.

— Allô ! dit prudemment Coralie.

Madame Sévigny se tient juste à côté d'elle.

— Salut ! dit Jonas, d'un ton fébrile.

— Salut, Jonas !

Elle se sent belle. Ses cheveux sont argentés comme les étoiles, dorés comme l'été.

— Je me suis bien amusé cet après-midi, dit Jonas.

Elle et Jonas sont allés patiner sur la glace du terrain de stationnement. Ça a été très amusant, mais ça n'a pas été romantique. Un appel téléphonique, par contre, voilà qui est romantique.

Les petits yeux noirs de madame Sévigny sont à moins d'un mètre.

— Page quatre-vingt, dit Coralie. Les dix premiers exercices.

— Est-ce un code ou est-ce qu'elle écoute ? demande Jonas.

— Les deux, répond Coralie.

— Préviens-moi si les Sévigny permettent que les garçons soient invités à la fête en pyjama, demande Jonas. Ce serait formidable.

Il flirte avec elle. Elle touche ses cheveux, se rappelant qu'elle est une élégante jeune fille bouclée. Mais madame Sévigny éclate de rire avant de s'en aller, et Coralie se transforme en citrouille.

Au souper, quand elle demande à organiser une fête, Coralie s'attend à ce que les Sévigny disent : « Pas question. Vingt filles hystériques dans notre auberge impeccable. Jamais ! »

Mais, à l'étonnement de Coralie, les Sévigny disent :

— Quelle bonne idée ! Vraiment, Coralie, on aura tant de plaisir ! Tu leur diras d'emporter leurs plus beaux vêtements de nuit. On tiendra un défilé de mode de minuit et on boira du chocolat chaud avant de nous retirer dans nos suites, comme des dames anglaises.

Coralie les regarde fixement. Ils semblent sérieux.

Michel et Ben font des mines de dégoût, et grognent. Les filles de secondaire I, annoncent-ils, sont les pires créatures sur terre. Ils vont aller coucher chez des amis.

— Qui est invité, Coralie ? demande madame Sévigny.

Coralie cite autant de noms dont elle peut se souvenir.

— Ce n'est pas bien de laisser des gens de côté, lui reproche monsieur Sévigny. Si tu invites toutes les autres, tu dois vraiment inviter Vicki et Guylaine. (Il se tourne vers madame Sévigny.) C'est une bataille de tous les instants que d'enseigner les bonnes manières à Coralie, n'est-il pas vrai ?

Madame Sévigny approuve tristement.

— Coralie, dit Dorothée d'un ton de reproche, tu critiques toujours les Sévigny. Ils sont merveilleux avec toi. En plus, tu organises une fête avant même de demander la permission. Tu leur dois des excuses.

Coralie avait prévu de mettre Dorothée en garde à nouveau : « Ils aimeraient que tu aies un accident, Dorothée. Alors imagine comme ils auraient le contrôle sur toi ! Sur chacune de tes minutes et sur chacun de tes muscles. Sois prudente ! »

Mais maintenant, elle tremble de fureur.

— À quelles sortes de jeux va-t-on jouer ? demande Dorothée.

« *Tu* ne joueras à aucun jeu, vient près de dire Coralie. Je ne t'ai pas invitée, *toi*. Tu n'es qu'en *sixième*. » Mais elle ne dit rien.

Monsieur Sévigny caresse le foulard de soie qu'il a noué autour de son cou. Il sourit dans le vague. Il dit très doucement :

— Un bon jeu pour les petites filles, c'est *Meurtres*. On se cachera tous, et je choisirai la victime.

Le lendemain, à la sortie des classes, Coralie attend Jonas.

Mais c'est Dorothée qui accourt vers elle. Le fin visage de lutin de Dorothée est couvert de larmes.

— Madame Sévigny a parlé au directeur de mon école à propos de mon goût pour la lecture. Ils trouvent que je suis trop sédentaire.

— Trop quoi ?

— Je suis trop souvent assise. Ils disent que je dois prendre des leçons de danse. Chaque jour après la classe. Chez mademoiselle Violette. Je n pas prendre de leçons de danse ! Coco, que vais-je faire ? gémit Dorothée. Je vais tomber. Je ne pourrai pas apprendre les pas. Tout le monde se moquera de moi.

« Tu pourrais tomber en dansant, pense Coralie. Est-ce ce qu'ils veulent qu'il arrive à Dorothée ? »

— Accompagne-moi à ma prèmière leçon, lui demande Dorothée.

L'école de danse de mademoiselle Violette est située dans un bel édifice de brique.

— Les Sévigny font exprès de te faire prendre des cours de danse, dit Coralie à Dorothée. Voilà comment ils sont.

Monsieur Sévigny se déplie comme une grande poupée en papier d'une voiture garée près de l'école de mademoiselle Violette.

— Coralie ! dit-il, tristement. Encore en train de céder à cette jalousie maladive, n'est-ce pas ? Nous faisons ceci pour aider Dorothée à surmonter sa peur de l'échec, pour consolider son corps frêle et sa fragile confiance en elle. Ceci est notre cadeau pour Dorothée. Et toi, pauvre fille, tu es dévorée de jalousie.

Dorothée joint les mains devant elle, comme un enfant apercevant un ange dans un spectacle de Noël.

— Oh ! Monsieur Sévigny ! s'exclame-t-elle. *Vous* payez les leçons. Je vous aime tant ! (Elle se tourne vers Coralie.) Tu n'as pas besoin d'entrer avec moi, Coco. Monsieur Sévigny est là. Tout ira bien maintenant. Va patiner. Salut !

Jonas et d'autres garçons ont envahi la glace du terrain de stationnement. Ils font du patinage de vitesse. Tous les petits ont été repoussés et sont tristement assis sur les bancs. Coralie lace ses patins et se met à patiner à toute vitesse. Elle s'imagine que ses patins déchiquettent monsieur Sévigny.

Jonas lui crie par-dessus son épaule :

— Hé, Coralie, veux-tu venir chez moi ? Boire quelque chose de chaud ? Mes orteils sont congelés.

Deux garçons de secondaire IV dépassent Coralie, aussi facilement que des oiseaux portés par le vent.

— Beau rendez-vous ! crient les deux garçons. Quelle invitation : ses orteils sont congelés ! Tu vas les lui réchauffer, Coralie ?

L'un d'eux s'approche de Coralie et fait tomber son chapeau. Les cheveux tricolores se répandent, ébouriffés par le vent.

— Jaloux ! crie-t-elle aux garçons.

Comme cela fait du bien de traiter quelqu'un d'autre de jaloux !

Le vent sépare les mèches de ses cheveux : argent et or, entrelacés de brun chocolat. Le garçon plus âgé sourit et ralentit. Ils patinent en synchronisme : la jambe droite de Coralie avançant sur la glace en même temps que celle du garçon, puis leurs jambes gauches ensemble. Quand il tend la main pour toucher ses cheveux, Coralie sait que ce n'est pas pour les tirer.

— J'aime tes cheveux, dit doucement le garçon. Argent et or et brun. C'est…

Jonas vient se glisser entre eux.

Jonas emmène Coralie chez lui. Ils se font du chocolat chaud dans une grande cuisine désordonnée et sympathique. Ils jouent au Monopoly, et madame Bergeron ne fait aucune remarque quand du chocolat est renversé sur la case de départ du jeu.

Coralie se sent comme chez elle dans cette maison chaleureuse.

Coralie croque dans un biscuit au chocolat et, soudainement, elle s'ennuie tellement de chez elle qu'elle a envie de pleurer.

Lorsque Coralie s'apprête à partir, madame Bergeron lui dit qu'elle peut revenir quand elle le veut.

« Puis-je rester avec vous ? voudrait quémander Coralie. Oh ! s'il vous plaît, laissez-moi vivre ici plutôt qu'à l'auberge de la Goélette ! »

Mais bien sûr Coralie dit simplement :

— Merci ! Oui, je reviendrai.

Jonas raccompagne Coralie jusqu'à l'auberge de la Goélette. Quel changement d'atmosphère quand Coralie entre dans l'auberge ! Toutes ses peurs vivent ici, mais aucun allié.

Dans l'entrée lugubre, Coralie se souvient de la fête en pyjama et du jeu *Meurtres*. « Dans le noir, pense-t-elle, il y aura un accident. Après tout, les filles peuvent s'énerver. Serait-il si surprenant que l'une d'elles tombe du balcon et se brise la colonne vertébrale ? Les Sévigny seraient absous de tout blâme. »

Chapitre 10

Madame Sévigny a loué un costume de servante pour Anya. C'est une robe de coton noir à l'ancienne avec un tablier et une coiffe empesés en dentelle blanche.

— C'est malade! proteste Coralie. Vous devriez lui faire porter des vêtements d'école et la renvoyer étudier. Pas l'habiller en servante.

— Ne peux-tu te réjouir quand la pauvre Anya a un moment de plaisir? demande monsieur Sévigny. Dois-tu toujours vouloir tout le bonheur pour toi?

Il enlace le trio Jalbert d'un bras et pose son autre bras sur l'épaule d'Anya.

Coralie, l'exclue, rougit.

Ben et Michel s'enfuient avant l'arrivée des premières invitées. Les filles se présentent en groupe, en riant et se bousculant.

Le repas est délicieux: de grands plats de lasagne, des petits pains chauds avec du beurre et de la salade.

— Personne n'est vraiment obligé de manger de la salade, bien sûr, dit madame Sévigny. Vous êtes ici pour vous amuser, et nous ne voulons pas gâcher le plaisir de celles qui détestent les légumes.

Les filles applaudissent madame Sévigny, qui salue. Durant le repas, monsieur Sévigny raconte des histoires d'horreur à propos du capitaine qui a construit l'auberge et de sa femme qui s'est jetée en bas de la coupole, exactement cent ans plus tôt.

Après le souper, madame Sévigny les fait jouer aux charades. Madame Sévigny explique que Coralie passera en dernier parce que les invités passent toujours avant l'hôtesse. Puis, quand c'est finalement le tour de Coralie et qu'elle brûle de jouer, madame Sévigny annonce qu'ils passent à un autre jeu.

Monsieur Sévigny lève les yeux vers sa femme. Madame Sévigny le regarde à son tour. Dans l'espace, à mi-chemin, leurs sourires semblent s'ajuster comme une clé dans sa serrure. Leurs regards font le tour de la pièce et se posent sur Dorothée.

— On va jouer à *Meurtres*, dit doucement monsieur Sévigny.

Les filles crient toutes joyeusement.

— Vous devez écouter attentivement les règles. La première est la plus importante. Et cette règle est : vous ne pouvez pas aller dans les caves. Est-ce absolument clair ? Répétez après moi : « Je n'irai pas dans les caves. »

Toutes répètent.

« Il y a un être là en bas, pense Coralie. Ça ne leur fait rien si je suis prise par cet être. Ça ne leur fait rien s'il va et vient des caves à l'école et vice-versa. Mais ils ne veulent pas que des filles comme Vicki et Guylaine le découvrent. »

— La deuxième règle, dit madame Sévigny, sans quitter Dorothée des yeux : vous devez vous cacher deux par deux.

Coralie songe aux marches qui deviennent plus étroites au niveau du troisième étage et au balcon penché.

— Si on se cache deux par deux, crie-t-elle, je veux être la partenaire de Dorothée.

— Pas question ! réplique Guylaine d'un ton contrarié. Elle m'appartient.

— Je suis avec Guylaine, approuve Dorothée. Va avec Catherine, Coralie.

Catherine penche la tête.

— Tu n'es pas obligée de faire équipe avec moi, Coralie, murmure-t-elle.

Madame Sévigny regarde Coralie. Chaque invitée peut interpréter son expression qui signifie : « Vraiment ! Coralie, ne peux-tu être gentille avec cette grosse fille laide pour un soir ? »

« Ils s'arrangent pour que j'aie l'air de la méchante, pense Coralie, alors que ce sont *eux* les méchants. »

— Ils ne nous trouveront jamais, Catherine ! dit-elle en se tournant vers sa partenaire. Je connais les meilleures cachettes de la maison.

Monsieur Sévigny fait jouer une musique d'atmosphère. Des cordes de violons se mettent à grincer.

Madame Sévigny éteint toutes les lumières.

Les invitées se répandent dans la maison. Les marches craquent tandis qu'elles montent et descendent l'escalier. Des rires hystériques ricochent comme des balles.

Les filles se mettent à crier juste pour le plaisir de crier. Quelqu'un monte le volume des sinistres violons.

Soudain, Anya pousse un affreux cri perçant dont Coralie a gardé le souvenir. Une fois, hurlant pareillement, Anya a tenté de sauter en bas de la fenêtre du troisième étage.

Coralie l'imagine, glacée de terreur dans le noir. Anya doit-elle être la victime plutôt que Dorothée? Les Sévigny se sont-ils rendu compte de l'amélioration de l'état d'Anya après tout?

— *Coralie, où es-tu?* hurle Anya.

La dernière fois, les peurs d'Anya l'avaient poussée sur le bord de la falaise. Maintenant, est-ce plutôt quelqu'un qui pousse Anya?

— J'arrive, Anya! crie Coralie, abandonnant Catherine. Tout va bien, c'est juste un jeu, n'aie pas peur.

— Coralie, ferme-la! ordonne Guylaine d'un autre endroit. Tu gâches le jeu. Laisse-la crier. C'est formidable. Elle a le cri le plus réussi de tous.

Coralie tâtonne pour trouver son chemin jusqu'à la cuisine, d'où viennent les cris.

— Me voici, Anya! dit Coralie.

Elle aperçoit une tache blanche dans le noir. Anya n'est qu'à quelques centimètres. Coralie tend la main vers le tablier de dentelle.

Elle entend le gloussement trop tard.

La tache blanche s'évanouit et Coralie tombe. En bas de l'escalier des caves. Frappant les marches, frappant la rampe, frappant le sol de pierre.

En bas dans le gloussement qui l'attend.

Chapitre 11

Coralie clopine vers l'école. Jonas arrive près d'elle en courant.

— Qu'est-il arrivé, Coralie ? demande-t-il. Je sais que les lundis sont durs... mais boiter.

Guylaine et Vicki se joignent à eux.

— On a eu la fête en pyjama la plus réussie qui soit ! s'exclame Guylaine. Ils vivent dans une maison magnifique. Monsieur et madame Sévigny sont fantastiques avec ces insulaires. On a eu un repas délicieux et un plaisir fou. C'était super !

— Je m'inquiétais du boitillement de Coralie, dit Jonas.

Guylaine et Vicki hurlent de rire.

— Quand on a joué à *Meurtres*, monsieur Sévigny a établi une règle : ne pas aller dans les caves. Donc, qui y va ? Coralie !

Jonas connaît la précédente aventure de Coralie dans les caves. Il sait qu'elle ne serait jamais retournée dans les caves de toute sa vie. Jonas met un bras fraternel autour des épaules de Coralie et demande :

— Coralie, tu vas bien ?

— Elle a seulement écorché ses genoux, dit Vicki, d'un ton vexé. De toute façon, c'était sa faute. Elle a ouvert elle-même la porte des caves.

— Ce n'est pas vrai! s'exclame Coralie. La porte était grande ouverte quand je suis arrivée là. J'essayais de sauver Anya.

— Sauver Anya?

Vicki et Guylaine se suspendent l'une à l'autre, riant.

— Coralie, c'était un jeu. Personne n'avait besoin d'être sauvé. On s'amusait toutes à crier.

— Quelqu'un a ouvert exprès la porte des caves, Jonas, dit Coralie, en tremblant.

— Oh! bien sûr, dit Vicki, tu es toujours en train d'accuser tout le monde, Coralie Rollin.

Vicki et Guylaine s'en vont brusquement.

— Es-tu tombée, Coco, ou t'a-t-on poussée? lui demande Jonas.

«Il me croit!» s'émerveille-t-elle.

À la fête, même Anya ne l'a pas crue!

Coralie avait senti les doigts de l'être sur sa peau. Ils étaient froids et sentaient la mer. C'était comme être touchée par un poisson.

Mais le bruit de sa chute l'avait sauvée. Catherine et Linda étaient accourues. Les doigts gluants s'étaient retirés dans les profondeurs des caves.

— Jonas, murmure Coralie, il était là. Il est vrai. Il vit. Il m'a touchée.

Tout le granit en Coralie s'effrite. Elle met ses bras autour de Jonas, accroche ses peurs à son cou et pleure.

66

Mais ils sont trop jeunes et c'est trop tôt. Jonas est consterné. Ses amis vont les voir ; que fait-elle ? Il oublie les caves et le gloussement et les Sévigny. Et il s'écarte.

— Je... hum... je te verrai en... classe, dit-il désespérément. Je... J'espère que tes genoux iront mieux.

Et il s'enfuit.

Coralie décroche un glaçon et le lance comme un mini-javelot dans un amoncellement de neige. Quand elle se retourne, Jonas, Vicki et Guylaine ont disparu. Coralie est seule.

Chapitre 12

Toute la journée, des questions lancinantes tourmentent Coralie : Qui sera la prochaine victime des Sévigny ? Qui est l'être caoutchouteux ? Que veut-il ?

À la sortie de l'école, elle n'a pas du tout envie de rentrer à l'auberge de la Goélette.

— Tout le monde vient chez moi, claironne Jonas.

À ce moment, Dorothée arrive en courant.

— Coco ! crie-t-elle de loin.

« Traîtresse ! » pense Coralie.

Ses yeux s'emplissent de larmes à la pensée que Dorothée s'est alliée à Guylaine, à Vicki et aux Sévigny.

— Coco, ne sois pas fâchée, dit Dorothée.

Coralie lui tourne le dos et suit Jonas.

— Coco, j'ai besoin de toi ! geint Dorothée.

Ce sont des mots qui touchent Coralie Rollin. Son besoin d'aider les gens est aussi fort que son amour pour la vie elle-même.

— Coco, les cours de danse sont si effrayants.

J'ai supplié les Sévigny mais ils disent que c'est bon pour moi de faire face à de la compétition pour une fois. Ils disent que sur l'île on ne connaît rien du vrai monde.

Son visage pointu levé vers celui de Coralie, Dorothée attend que celle-ci règle son problème.

Une main lourde s'abat sur l'épaule de Coralie. Madame Sévigny vient de se matérialiser.

— Tu dois faire tout ton possible, dit madame Sévigny à Dorothée.

Le petit visage en forme de diamant se tord de chagrin.

— Mais ce n'est pas assez, dit Dorothée.

«Les Sévigny ne détruisent pas par un mal de notre époque, se dit Coralie. Pas par la drogue, ni par l'alcool. Mais par un mal vieux comme le monde : celui qui arrache la force, la beauté, la confiance en soi, l'amitié, jusqu'à ce qu'il ne reste plus rien, qu'une coquille.

— Dorothée, c'est formidable ! s'exclame madame Sévigny. Je suis si fière de toi ! Si tu ne retires rien d'autre de ces cours de danse, tu auras appris une leçon très importante. Parfois, bien que tu fasses de ton mieux, tu dois quand même accepter d'être quelqu'un d'ordinaire. Vous, les filles de l'île, êtes tellement persuadées d'être extraordinaires.

Les cheveux roux de Dorothée semblent plus ternes, son teint moins éclatant, ses yeux moins brillants. Madame Sévigny sourit et dit :

— Cours à ta leçon de danse, maintenant, Dorothée.

Dorothée obéit instantanément, comme une esclave, comme...

comme Anya !

Dans la cour de Jonas, la neige leur arrive à la taille. Jonas sort des pelles et des balais. Jonas a dessiné un labyrinthe, il crie des ordres. Ses amis se mettent à pelleter. Les chemins se croisent ou finissent en culs-de-sac.

Quand le soleil se couche dans un ciel couleur de givre, madame Bergeron entrouvre la porte pour crier :

— Il se fait tard, les enfants ! Rentrez avant qu'il ne fasse noir !

Coralie ne veut pas rentrer à l'auberge de la Goélette.

Elle fait un grand détour, regardant les façades des maisons, souhaitant habiter ailleurs qu'avec les Sévigny.

Loin au-dessus d'elle, se dessine l'auberge de la Goélette, froide et blanche comme la glace. Un filet de fumée monte à l'arrière de l'auberge. Coralie ne peut se rappeler que les Sévigny aient déjà allumé un feu. Coralie veut regarder les flammes, un réconfort aussi ancien que l'humanité.

Elle remonte la côte Casse-cou à la course.

Monsieur Sévigny lui ouvre la porte. Il ne dit rien. Agrippant ses épaules, il traîne Coralie le long du hall d'entrée. Michel et Ben sont là ; elle trébuche sur leurs grosses bottes d'hiver et ils ne font rien.

Dorothée est au deuxième, elle regarde Coralie fixement.

Monsieur Sévigny la pousse devant lui jusque dans la cuisine. Elle a l'impression qu'il va l'enfermer dans les caves, et elle est près de crier. Mais il ouvre la porte arrière. « Il me jette dehors », se dit Coralie, déconcertée.

Monsieur Sévigny tient Coralie devant lui comme s'il la présentait à un peloton d'exécution.

— Regarde-moi ça ! dit monsieur Sévigny, à travers ses dents serrées.

Des spirales de feu s'élèvent comme de la soie d'or dans l'air.

— Tu as brûlé ta garde-robe entière ! dit monsieur Sévigny. Tous tes vêtements, Coralie ! Tu y as mis le feu.

— Elle nous avait avertis, dit madame Sévigny. Nous devons l'admettre. Elle a même écrit une composition et a insisté pour la lire tout haut en classe, détaillant comment elle détruirait tout ce qu'elle possède dans un incendie.

— C'est vous qui m'avez fait lire tout haut, crie Coralie. C'était votre sujet.

— C'était ta rêverie de janvier, dit madame Sévigny.

— Je ne ferais jamais ça. J'ai été chez Jonas tout l'après-midi, dit-elle.

— Tu as quitté Jonas il y a une heure. J'ai téléphoné à sa mère. Tu t'es faufilée ici, tu as pris tes vêtements, tu as trouvé une boîte d'allumettes et de l'essence dans les caves que tu aimes tant explorer, et tu y as mis le feu. Puis tu t'es enfuie vers le port pour revenir plus tard et te prétendre innocente.

Monsieur Sévigny lance une pelletée de neige sur le feu, qui siffle.

La perte de ses vêtements devient réelle.

« Que dira maman ? » se demande Coralie.

Des larmes coulent de ses yeux, tombent sur ses mains froides.

Elle regarde Michel, qu'elle a aimé durant les douze premières années de sa vie. Michel évite son regard.

Elle regarde Ben, qui leur a servi de grand frère à tous. Ben fixe la porte des caves.

Elle regarde Dorothée, et Dorothée lui rend son regard.

— Coco, dit-elle, madame Sévigny m'a expliqué combien tu es jalouse parce que j'ai de nouveaux vêtements et pas toi. Parce que je prends des leçons de danse et pas toi. Parce que je suis heureuse ici et pas toi. Si j'avais su que tu allumerais des feux pour attirer l'attention, Coco, je...

— Je ne l'ai pas fait ! s'exclame Coralie. Comment peux-tu penser ça, Dorothée ? Tu sais que je ne ferais jamais une chose pareille.

— Mais Coralie, dit patiemment Dorothée, les Sévigny l'ont dit.

Monsieur et madame Sévigny téléphonent aux parents de Coralie et donnent leur version de l'événement en premier. Comme ils sont habiles !

— Bien sûr que vous avez essayé très fort, dit madame Sévigny avec sympathie à la mère de

Coralie. C'est terriblement difficile de s'entendre avec une adolescente. Comment auriez-vous pu savoir que vous gâtiez Coralie dans vos efforts pour lui offrir une bonne vie ?

Coralie voudrait lui arracher le récepteur des mains mais elle se contient. Ça n'aiderait en rien.

— Coralie est allée au bout de ses limites pour avoir de l'attention, dit madame Sévigny. Son état émotionnel est très grave. J'en suis peinée, madame Rollin. Sachez que monsieur Sévigny et moi vous aiderons de toutes les manières possibles. Quand des familles sont frappées par des tragédies pareilles, elles doivent être braves.

Coralie touche ses cheveux. Parfois, elle peut vraiment sentir leurs couleurs : l'argent et l'or comme des rubans d'honneur épinglés au brun. Ce soir, elle ne sent rien. Elle commence à manquer de courage.

— Coralie a besoin de soins professionnels sérieux, dit doucereusement monsieur Sévigny, à son tour.

« Voilà comment ils sont venus à bout de Val, pense Coralie. Ils ont convaincu ses parents de l'interner dans un hôpital psychiatrique. *Mes parents vont-ils m'abandonner comme ça ?* »

Madame Sévigny tend le téléphone à Coralie. Les petits trous noirs au centre de ses yeux ressemblent au trou noir dans les caves.

Coralie est en train de couler. Si elle atteint le fond, les Sévigny auront gagné.

« Je connais la vérité, se dit-elle, mais ça ne sert à

rien. La vérité en elle-même n'est rien, on doit être capable d'en convaincre les autres ou ça ne compte pas. »

Coralie respire un grand coup.

— Maman ? dit-elle. Ce n'est pas vrai. Ils ont tout inventé.

Sa mère pleure. Son père respire fort, comme s'il faisait une partie de tennis.

— L'ont-ils inventé, Coco ? Il y a eu un incendie, n'est-ce pas ? Et tous tes vêtements étaient dedans ?

— Papa, ce sont les Sévigny qui l'ont fait ! C'est une partie d'un plan qu'ils ont.

— Oh ! Mon Dieu ! dit sa mère. Monsieur Sévigny a raison. C'est de la pure paranoïa. Croire que tu es menacée par des complots machiavéliques. Coco chérie, maman t'aime, le crois-tu ?

— Oui, je le crois ! s'exclame Coralie. Je te crois toujours, maman ! C'est à ton tour de me croire. Cette composition était un sujet imposé. Mais ça leur a donné une idée sur la façon de m'avoir. Ce n'est pas parce que quelqu'un est un enseignant que c'est nécessairement une bonne personne. Ne vous rappelez-vous pas ce qui est arrivé à Anya ? Ça fait partie de leur plan. Je suis la suivante, voyez-vous ?

À chaque protestation de Coralie, ses parents répondent : « *Mais les Sévigny l'ont dit.* »

— Maman ! répète encore Coralie. Maman, crois-moi.

Mais sa mère ne la croit pas.

Chapitre 13

Il ne reste qu'un jour d'école avant l'arrivée de ses parents sur le continent. Ses parents vont l'emmener faire des emplettes — avec de l'argent qu'ils ne devraient pas dépenser.

Le secondaire I au complet veut savoir pourquoi Coralie a brûlé ses vêtements.

— Ce sont les Sévigny qui l'ont fait, dit Coralie.

Ne la croient que Catherine et Robert. Mais Catherine et Robert ne sont «personne». Pour être cru, il faut avoir le soutien de ceux qui sont «quelqu'un».

— Peut-être qu'Anya l'a fait, suggère Catherine, essayant de trouver une porte de sortie acceptable pour Coralie.

«Si je les laisse croire qu'Anya a allumé le feu, pense Coralie, je serai sauvée. J'aurai à nouveau des amis. Personne ne me donnera de soins «professionnels» comme à Val. Mais si je laisse accuser Anya, je serai encore plus mauvaise que les Sévigny.»

Elle se redresse, sachant qu'elle n'aura plus jamais d'amis. Peut-être même pas Jonas.

— Ce sont les Sévigny, dit-elle. Anya ne ferait pas ça.

Ils s'écartent d'elle.

Au milieu du cours de sciences, arrive un ordre pour Coralie de se rendre au bureau de monsieur Sévigny. La classe ricane :

— Ça s'en vient. Il va t'interner. Tu auras des psychiatres d'ici à Vancouver.

Les joues écarlates, le cœur glacé, Coralie se lève et s'en va seule vers le bureau du directeur. Comment était-ce pour Val ? Avait-elle supplié et gémi ? S'en était-elle rendu compte ?

Monsieur Sévigny porte un costume gris charbon avec des lignes gris clair, un gilet et une cravate cramoisis. Il a l'air d'un diplomate. Les secrétaires à leur bureau et deux mères attendant dans la salle le regardent avec adoration.

— Chère Coralie, dit-il, nous devons avoir une petite conversation au sujet d'une assistance psychologique.

Il semble si dévoué. Les secrétaires et les mères sourient, heureuses qu'il aime cette étrange petite insulaire malade.

Coralie ne dit rien. Les mères sont celles de Guylaine et de Vicki. Il l'a fait descendre ici exprès pour la leur montrer.

— Je veux être sûr que tu n'es ni fâchée ni anxieuse, Coco, ma chouette.

— Je ne suis pas anxieuse. Je n'ai pas besoin

d'une assistance psychologique. Je n'ai pas l'intention de parler à un psychiatre.

Les mères la regardent d'un air réprobateur. Les secrétaires échangent un hochement de tête résigné.

— J'ai acheté une nouvelle cassette de musique rock que tu aimes, dit monsieur Sévigny d'un ton cajoleur.

— Non, merci, réplique Coralie. Je dois retourner en classe.

Elle redresse le menton et part. Elle est si pleine de fureur qu'elle doit s'arrêter à sa sortie de la salle et s'appuyer contre le mur.

La conversation continue, et elle l'entend parfaitement.

— Quelle petite ingrate! dit la mère de Vicki. C'est si généreux de votre part de prendre soin de ces jeunes insulaires. Nous avons tous le plus grand respect pour vous et madame Sévigny. Je sais que Michel Jalbert est utile à l'équipe de basket-ball, mais le *reste* d'entre eux! Quels petits monstres effrayants!

— Cette Anya a pratiquement jeté son amoureux en bas de la falaise l'automne dernier, dit la mère de Guylaine. Les parents de Bruno ont dû l'envoyer en pension pour qu'il soit en sécurité. Et cette Coralie! Vous devriez entendre les histoires que ma fille ramène de l'école à propos d'elle.

— Cette chevelure est bizarre, ne trouvez-vous pas? dit l'une des secrétaires. Ces trois couleurs, comme un drapeau peint? La fille est tarée. *Marquée.*

Coralie peut à peine respirer, étouffant de honte et de rage.

— Allons, mesdames, dit monsieur Sévigny, en riant. Coralie est une enfant difficile, mais c'est un choix de sa part. Ce n'est pas un effet de sa chevelure peu attrayante.

Coralie en vient presque à défoncer le mur avec son poing. «J'ai une chevelure magnifique!»

— Madame Sévigny et moi sommes très attachés à ces insulaires, dit monsieur Sévigny. Nous les emmenons tous skier durant le prochain congé de trois jours. Vous savez à quel point ces enfants sont isolés dans leur île. Aucun d'entre eux n'a jamais été faire du ski. N'est-ce pas étonnant? Nous tentons d'élargir un peu leurs horizons.

— Monsieur Sévigny, quelle générosité!

— La petite Dorothée Jalbert a le vertige, reprend monsieur Sévigny. J'ai pensé qu'on pourrait la guérir de la façon la plus amusante. Il me tarde de voir Dorothée descendre les pentes à pleine vitesse, en ayant laissé toutes ses peurs derrière elle.

«Et quel accident voulez-vous qu'elle ait devant vous?» pense Coralie.

Elle n'aura peut-être plus jamais d'amis, mais elle a encore un père et une mère.

Refusant l'invitation des Sévigny de profiter d'une chambre d'invité à l'auberge de la Goélette, monsieur et madame Rollin emmènent Coralie dans un grand hôtel de Québec.

Sa mère et son père lui racontent les commérages de l'île.

Au moment des emplettes, ils lui achètent deux jolis tricots, au lieu du chandail ordinaire auquel s'attendait Coralie. Son père trouve un survêtement d'un jaune éclatant avec des perroquets orange flottant parmi des feuilles vert lime. Dedans, Coralie se sent bien comme en été.

Coralie sait qu'elle est en sécurité.

« Ils vont me sauver, pense-t-elle, et Dorothée et Anya. Je n'aurai pas besoin des dossiers de la serviette, je n'ai besoin que de mes propres père et mère. J'aurais dû le savoir depuis le début. »

— Nous devons nous expliquer sur ce qui se passe à l'auberge de la Goélette, dit-elle.

— Coco, disent ses parents, peu importe ce qui s'est passé, on est avec toi.

Le cœur de Coralie se glace.

— Ce qui s'est passé, est quelque chose que les Sévigny ont fait.

Ils la regardent avec tristesse.

— Coralie, à un moment donné, une personne doit prendre la responsabilité de ses propres actes. Tu ne peux tenir les Sévigny responsables des troubles mentaux d'Anya. Tu ne peux tenir les Sévigny responsables des vertiges de Dorothée. Et, chérie, tu ne peux les tenir responsables de tes propres crises de rage incontrôlables.

Coralie ne peut en croire ses oreilles ! Ses parents sont du côté des Sévigny ! Toutes leurs cajoleries ne signifient rien !

— Si quelqu'un vous accusait, *vous*, de mauvaises actions, crie-t-elle, je saurais qu'il ment, malgré toutes les preuves contraires.

Ses parents parlent gentiment d'aide psychologique, d'appels téléphoniques chaque soir pour rester en contact.

Son père essuie ses larmes. Sa mère la berce.

— Essaie de garder ton calme, ma chouette. Vois si tu peux tenir le coup jusqu'aux vacances. Si c'est trop dur, je louerai un appartement au village et nous y vivrons ensemble.

Coralie a envie de crier: «*Oui, oui, faisons cela!*»

Mais son père et sa mère seront séparés, lui dans l'île, elle sur le continent. Sa mère devra fermer le petit restaurant qui leur permet de vivre tout l'hiver. Ils devront admettre, comme les parents d'Anya l'ont fait, que leur fille ne peut survivre sur le continent. Les dépenses folles de cette agréable fin de semaine sont une façon de lui dire «On t'aime!». Ils sont également prêts à payer un deuxième loyer pour lui dire «On t'aime!».

Mais c'est le devoir de Coralie de dire: «Non, je vais bien, ne vous inquiétez pas, ça va aller.» Alors, elle le dit.

— Non, je vais mieux maintenant, dit-elle à ses parents.

Elle déteste ces mots. C'est comme admettre qu'elle a vraiment brûlé ses vêtements. Mais quelques rides disparaissent du visage de son père et les joues de sa mère semblent plus roses. Ainsi donc,

Coralie ne dit pas à ses parents : «Les Sévigny vont nous emmener dans une station de ski ! C'est là qu'ils vont avoir Dorothée ! »

— Ne vous inquiétez plus, leur dit-elle plutôt, d'une voix douce.

Maintenant plus que jamais, ce que les Sévigny ont prémédité doit être arrêté. Pour son propre bien... pour Dorothée... pour Anya... pour sa mère et son père.

Chapitre 14

Au cours de littérature, une chose étonnante se passe : madame Sévigny s'en prend à Guylaine. Ceci n'est jamais arrivé jusqu'à présent.

Le sujet de la composition est : ce que vous possédez de plus précieux. Madame Sévigny fait lire Guylaine tout haut.

— La chose la plus précieuse chez moi, lit fièrement Guylaine, est ma ligne de téléphone privée.

Elle sait qu'elle est la seule élève de secondaire I à posséder sa propre inscription dans l'annuaire téléphonique.

— Je possède trois appareils différents que je peux raccorder à la prise. Mon préféré est un téléphone Elvis. Il…

— Je te demande pardon ! l'interrompt madame Sévigny, les sourcils dédaigneusement levés. Es-tu en train de dire que *le son de ta propre voix* est ce que tu possèdes de plus précieux ?

La classe rit de Guylaine. Elle n'est pas habituée à cela. Elle bredouille :

— Non… je… hum… c'est le téléphone que j'aime.

— Oh! Je vois, dit madame Sévigny d'une voix cruelle. Pour que tous tes admirateurs puissent te rejoindre?

Guylaine devient écarlate. Elle a l'air malade.

— Personne d'autre ne s'est décrit lui-même comme objet le plus précieux, poursuit madame Sévigny. Je suis fascinée, Guylaine. Je ne sais ce qui est le plus intéressant: que tu te considères comme un objet ou que tu trouves le son de ta voix si magnifique.

Les feuilles de la composition tremblent dans la main de Guylaine. Les garçons les plus méchants — des garçons à qui Guylaine a elle-même appris à le faire — se mettent à battre des bras pour accompagner le tremblement des feuilles.

— Essaie d'être moins égocentrique, Guylaine. Pense à un autre sujet, reprend madame Sévigny, en s'asseyant.

Les élèves mesquins s'adossent, un petit sourire narquois aux lèvres. Guylaine est aussi vulnérable que si on lui avait arraché ses vêtements.

— Eh bien? insiste madame Sévigny.

— Je ne peux penser à rien, bredouille Guylaine. Ma tête est vide.

«*Vide*, pense Coralie. Madame Sévigny l'a vidée. Juste pour aujourd'hui, bien sûr. Rien de permanent, comme Val.»

Une minute s'écoule. Guylaine reste debout, figée et stupide, devant la classe. Même Vicki ne fait rien. Guylaine n'a pas un seul ami au monde. Coralie sait ce qu'on ressent alors.

— Si j'avais un téléphone Elvis, dit-elle, je le mettrais en premier sur ma liste, moi aussi, madame Sévigny. Je ne trouve pas que ce soit juste de votre part de décider ce qui est important pour les autres.

Elle a véritablement pris madame Sévigny par surprise.

— Je ne crois pas m'être adressée à toi, Coralie Rollin, riposte madame Sévigny.

— Non, je ne le crois pas non plus, madame Sévigny. Mais j'aimerais entendre parler des deux autres téléphones. Pourrais-tu lire le reste de ta composition, s'il te plaît, Guylaine ?

Guylaine regarde Coralie avec suspicion pour voir si c'est un piège.

La cloche sonne la fin du cours. Mais ni Guylaine ni aucun autre élève ne bouge. C'est la classe de madame Sévigny.

Les corridors s'emplissent de cris.

— Fin du cours ! finit par dire madame Sévigny.

« J'ai eu le dernier mot », se dit Coralie, dissimulant prudemment son sourire de triomphe.

Jonas est le premier debout. Il se dirige droit sur le pupitre de Coralie. Il la regarde avec une expression curieusement gentille. Il touche sa chevelure de ses doigts écartés, comme s'il posait un doigt sur chacune des couleurs.

— Tu sais, Coralie, dit-il, j'ai une espèce d'attirance pour toi.

— Une espèce ! le taquinent les autres garçons.

Madame Sévigny devient si peu de chose — seulement un crapaud derrière un pupitre. La pièce entière appartient à Jonas, et tous les visages de secondaire I sont tournés vers lui et vers Coralie.

— Je suis désolé d'avoir été un tel crétin depuis cette histoire d'incendie, dit Jonas, assez fort pour être entendu de tous. Viens! Sortons d'ici.

En mai, Coralie aura quatorze ans. Cela paraît significatif. Treize ans, c'est trop jeune pour être amoureuse.

Mais quatorze ans, ce sera juste bien.

Sur l'île, derrière la maison de Coralie, pousse un pommier. Ses fruits s'appellent des *Espions du Nord*. Coralie adore ce nom.

«Je suis l'Espionne du Nord», pense Coralie.

L'avantage des vieilles maisons est que chaque porte a un grand trou de serrure. Monsieur Sévigny est dans le bureau. Coralie, l'Espionne du Nord, met son œil à la serrure.

— Entre, Coralie, dit monsieur Sévigny. Que veux-tu, ma chère?

Il rit d'elle. Il l'entraîne vers le haut siège en bois devant son bureau. Elle reste debout.

Sur le bureau, il y a une pile de dossiers. Celui du dessus est ouvert. Des feuilles sont agrafées du côté droit et, sur la couverture gauche, il y a une photo de Dorothée.

Monsieur Sévigny referme le dossier de Dorothée. Coralie compte les dossiers de la pile. Dix dossiers: pas neufs, mais chiffonnés, assez usés.

«Pas de futures victimes, songe Coralie,

d'*anciennes* victimes. Sous le dossier de Dorothée, il y a celui d'Anya, et dessous, celui de Val. Je le savais qu'il y avait des documents ! Je le savais.»

— Comment se passent tes séances avec le psychiatre ? demande monsieur Sévigny en fermant lentement, amoureusement sa serviette. Fais-tu des progrès ?

Il sait parfaitement bien que Coralie n'a pas dit une seule syllabe au psychiatre qu'il a choisi. Et qu'elle ne le fera jamais.

— Je fais de grands progrès, répond-elle. Je sais la vérité.

Monsieur Sévigny sourit, sans inquiétude. Il caresse la serviette comme un chien. Les dossiers sont ses animaux de compagnie. Il les nourrit de ses horribles appétits.

* * *

Ni Dorothée ni Coralie n'ont de devoirs. Elles jouent avec les poupées Barbie et Ken de Dorothée.

— Pourquoi ne lis-tu pas ? demande Coralie.

— Monsieur Sévigny m'a pris ma carte de bibliothèque.

— Non, vraiment ! se moque Coralie. Pourquoi ne lis-tu pas ?

— Monsieur Sévigny dit que je ne vis pas dans le vrai monde, explique Dorothée. Il dit que vivre uniquement à travers des personnages de livres, c'est un signe de démence. Il dit que je ferai des choses démentes comme … bien… comme…

86

Dorothée a la bonne grâce de rougir ; manifeste-
ment, monsieur Sévigny lui a raconté qu'elle pourrait brûler ses vêtements comme Coralie ou devenir
folle comme Anya.

— J'ai glissé en descendant la côte Casse-cou,
Coco. Et hier, je suis tombée dans l'escalier. Chaque
fois que je vois une pente, j'ai l'impression de
tomber. Je l'ai dit à Anya et elle a répondu qu'elle se
sentait tout le temps comme ça. Elle se sent ainsi
depuis qu'elle a emménagé ici.

— Dorothée, ne t'en fais pas. Tu ne tomberas
pas. Je te le promets. Je suis avec toi.

Le visage de Dorothée rayonne de joie.

— Et me ferais-tu une autre petite faveur, Coco ?
dit-elle d'une voix à moitié plaintive, à moitié chaleureuse. Prendrais-tu des livres pour moi à ta
bibliothèque ? Je ne peux les trouver à la bibliothèque de l'école primaire.

— Pourquoi ? Ce sont des ouvrages sur le sexe ?

— Bien sûr que non. Ce sont juste des romans. Je
ne peux passer la semaine sans quelque bon livre à
lire.

— Tu veux dire que tu as lu tous les bons livres
de la bibliothèque du primaire ?

— Oui, c'est ça ! répond Dorothée, d'un ton
espiègle.

Le lendemain, Coralie emprunte donc cinq livres
inscrits sur la liste de Dorothée et les lui ramène à la
maison. C'est presque l'heure du souper. Tout le
monde est là.

— Voici tes livres, dit Coralie. J'espère qu'ils sont

assez bons. La bibliothécaire a dû en remplacer un.

Tout le monde fixe Coralie.

— Coralie, dit monsieur Sévigny, je ne sais pas comment ceci peut durer. Tu sais très bien que nous tentons de détourner Dorothée de son obsession des personnages fictifs. Tu sais que nous luttons pour qu'elle danse et se fasse des amis pour jouer, plutôt que de se recroqueviller pour s'évader dans des histoires. Et te voici, contrecarrant nos décisions, entrant ici effrontément avec les objets interdits.

— Depuis quand des directeurs d'école et des professeurs de littérature empêchent-ils un enfant de lire ? réplique Coralie.

— Depuis qu'ils sont concernés par sa *santé*, Coralie ! dit vivement Michel. Tu penses qu'on veut que Dorothée devienne une fêlée comme toi et Anya ?

« Mais… je suis du bon côté ! » pense Coralie.

— Elle a toujours été gâtée, continue Michel. Les Sévigny sont bons pour elle. Si tu suivais leurs règles, ils seraient bons pour toi aussi.

Que voit Michel là-haut, la nuit ? Voit-il une Dorothée joyeuse ? Ne voit-il pas que Dorothée est effrayée par de plus en plus de choses chaque jour ? Ne pense-t-il pas que quand sa petite sœur est même effrayée par du givre sur les fenêtres, il y a quelque chose qui ne tourne pas rond ?

— Elle est ta sœur ! crie Coralie. Fais-la passer en premier.

— Me fais-tu jamais passer en premier ? demande Michel, très calmement. À combien de matches as-tu assisté cette saison, Coco? Toi et moi, on était de bons amis. Connais-tu ma moyenne par match? Sais-tu quelle est l'équipe adverse vendredi prochain? As-tu déjà emmené ma propre sœur me voir jouer?

Coralie flanche.

«Pendant que j'étais occupée à essayer d'être un sauveur, pense-t-elle, Michel est sorti de mon esprit comme un étranger d'un autobus.»

— Sur la coupole de cette auberge, dit monsieur Sévigny, le parfait directeur, il y a une girouette. Un poisson de cuivre. Gelé sur place. Quelle que soit la direction du vent, il désigne le sud. Quelle que soit la direction du vent, Coralie, tu désignes madame Sévigny et moi. Il est temps pour toi de fondre, Coralie.

Son ton est triste. Michel, Benjamin et Dorothée Jalbert approuvent de la tête.

— Nous essayons d'aider Dorothée à se dévelop- per, explique Ben.

— Pourquoi est-ce que se développer dans cette maison signifie toujours que vous ne pouvez faire ce que vous aimez? demande Coralie. Dorothée aime lire, alors pourquoi ne peut-elle lire?

— Je suppose que l'équivalent à cela, intervient madame Sévigny, est que tu aimes brûler tes vête- ments, alors pourquoi ne pourrais-tu pas brûler tes vêtements?

Coralie lance les cinq livres de la bibliothèque droit sur madame Sévigny. Pas un ne manque son but.

Chapitre 15

Et ainsi Coralie perd à nouveau son congé de fin de semaine.

Monsieur Sévigny va à l'école où, dit-il, il restera toute la journée. Il emporte sa serviette, la montrant à Coralie au moment où il monte en voiture.

Madame Sévigny va faire les emplettes. Dorothée l'accompagne.

Dehors, la marée s'enfle dans la baie de la Bougie, murmurant : « Fffffffff ». Coralie monte l'escalier. Elle ne veut pas être près de la porte des caves.

Au deuxième étage, elle fait une pause.

La porte de la dernière chambre d'invité — numéro huit — est ouverte.

Coralie croit entendre quelqu'un rire.

« Ffffffffff », fait la baie.

Coralie se glisse dans la chambre numéro huit, le dos au mur, au cas où le gloussement ou la marée commencerait à monter dans la maison.

Elle n'avait jamais remarqué avant que la chambre huit a une personnalité définie. Le haut lit antique et les dentelles donnent un air de fragilité à la pièce. Ce qui surprend dans cette chambre, c'est une épaisse carpette noire striée de gris et d'argenté, semblable à un nuage d'orage sur le plancher.

Les couleurs d'Anya.

«Dix dossiers, pense Coralie. Monsieur Sévigny a rangé dix dossiers dans sa serviette.

Les deux derniers ne sont pas encore fermés: le mien et celui de Dorothée. Parce qu'on n'est pas détruites encore. Cela signifie huit dossiers de filles qu'ils *ont* détruites.»

Huit chambres d'invités.

Val, la sœur aînée de Robert, doit être le dossier précédent celui d'Anya. Dossier Sept. Chambre sept. Lentement, comme quelqu'un ouvrant le couvercle d'un cercueil, Coralie entre dans la chambre portant le numéro sept.

Ici le tapis est bleu comme la mer en été, et les murs d'un riche violet. Les rideaux sont d'un bleu plus profond, comme la nuit en mer.

C'est une chambre riche, sensuelle.

Val, est-ce toi? Es-tu une fille de bleu et de violet?

La chambre est propre comme un sanctuaire. Attendant son invitée. Mais Val ne visitera jamais cette chambre. Elle est prisonnière d'une autre.

Coralie sort de la chambre de Val et va à la chambre six.

Le numéro six aime le jaune. Le numéro six est lumière du soleil et or. Le numéro six doit aimer la danse, la musique et les rires.

Coralie ne veut pas voir le numéro un, ou les personnalités des numéros deux, trois, quatre et cinq.

Mais elle pense au numéro six toute la journée.

Où es-tu, numéro six? De quel collège t'ont-ils arrachée? Dans quelle buanderie ou institution t'ont-ils enfermée?

Plusieurs jours plus tard, au souper, Michel dit presque timidement à Coralie :

— Ça faisait plaisir de te voir à l'entraînement cet après-midi.

— Tu étais formidable ! lui dit-elle.

— Justement, dit Michel, on a un entraînement spécial cette fin de semaine-ci, et je préfèrerais y aller plutôt qu'au ski. Alors si vous permettez, madame Sévigny, et merci pour l'offre, je passerai plutôt la fin de semaine chez Georges.

« Non ! pense Coralie. J'ai besoin de toi, Michel. Tu n'as encore rien remarqué d'anormal chez Dorothée ou les Sévigny, mais j'ai besoin de ton corps, tes muscles, ta présence durant cette fin de semaine de ski ! »

— Je dois me sauver, dit Michel en se levant. Tu viendras à la partie, Coco ?

— Oui, répond Coralie. Dorothée et moi, on y sera.

— Oh non ! dit Dorothée. J'ai des devoirs à faire.

Son frère se raidit sous le coup de la déception. Coralie a été blessée comme ça plusieurs fois cette année. Elle ignorait que Michel pouvait être blessé.

— J'ai acheté des billets, Dorothée, dit Coralie.

92

Tu pourras faire tes devoirs à la mi-temps. Il faut voir Michel jouer.

— Ne t'en fais pas pour ça, dit Michel en enfilant son manteau.

— J'irai avec toi, dit Anya à Coralie. Puis-je utiliser le billet de Dorothée ?

Ils sont si étonnés qu'Anya soit encore une présence vivante, que personne ne parle. Coralie finit par dire :

— C'est super, Anya. J'aimerais ça. Finis ton souper. On doit partir bientôt.

— Écoutez, dit Ben, si Michel ne va pas skier, je ne veux pas y aller non plus. Au garage, ils me paieront temps double. Et si j'allais chez Georges moi aussi ?

Ainsi donc, ce sera Dorothée, Anya et Coralie au ski. Anya ne peut même pas se coiffer, et Dorothée veut devenir invalide.

Anya descend les escaliers en courant.

— On y va ? demande-t-elle nerveusement à Coralie.

Anya a enfilé une vieille veste qui perd sa doublure. Elle s'est enfoncé une tuque sur les cheveux sans se regarder dans un miroir.

Coralie voudrait la secouer et lui dire : *Pourquoi ne peux-tu te reprendre en mains ?*

Mais elle aime Anya.

— Viens, dit-elle doucement. Laisse-moi t'arranger.

Anya prend sa main quand elles atteignent le trottoir.

— Glissant! confie-t-elle à Coralie.

« Tu ne sais à quel point », pense Coralie.

Les deux filles se mettent en route.

— Coco, j'ai très hâte de skier, dit Anya.

Coralie est surprise. Anya fait partie de ce voyage de ski plus comme un bagage qu'autre chose. Personne ne s'attend à la voir skier.

— C'est super, Anya, dit Coralie. Sais-tu comment skier?

— Non, dit Anya en riant — un vrai rire — son ancien rire. Mais Bruno le sait.

— Bruno? répète Coralie.

— Bruno a répondu à ma lettre, dit Anya. Sa pension n'est qu'à quelques kilomètres de la station de ski. Il viendra me rejoindre!

Coralie en a le souffle coupé. Bruno, un allié! Tout près! Bruno en sait plus sur les Sévigny que n'importe qui.

— Anya, s'inquiète Coralie, tu n'as rien dit aux Sévigny de tout ceci, n'est-ce pas?

— Le dire aux Sévigny? s'exclame Anya. Me prends-tu pour une folle?

Elles éclatent de rire. Un rire de filles parfaitement saines.

Enfin! Enfin, elles savent quelque chose que les Sévigny ignorent.

Chapitre 16

— Ne dis rien à Dorothée, chuchote Coralie.

— Non, approuve Anya. Dorothée aime les Sévigny.

— Mais comment as-tu pu recevoir une lettre de Bruno ? Les Sévigny prennent le courrier.

— Je lui ai donné l'adresse de la buanderie, dit Anya.

Ses immenses yeux noirs brillent dans son visage blanc de craie.

Coralie pense que c'est la chose la plus romantique qui soit jamais arrivée. L'amour vrai va rescaper Anya.

«On va battre les Sévigny, pense-t-elle. Bruno, Anya et moi. »

La joie de la vengeance pétille en Coralie comme du soda. Quand Anya et elle arrivent à l'école, elle en danse presque. Elles tendent leur billet au garçon à la porte du gymnase et se font estampiller les initiales du collège. Mordant leurs lèvres pour contenir un rire éclatant, elle font deux pas... et monsieur Sévigny leur bloque le passage.

Elles ont oublié que le directeur assiste aux matches.

— Anya, dit-il suavement, tu as l'air si vive. S'est-il passé quelque chose ?

Anya lève des mains tremblantes pour se protéger du regard perçant de ces yeux.

Monsieur Sévigny prend les poignets d'Anya pour baisser ses mains.

— Dis-moi, Anya, la cajole-t-il.

Elle va le dire. Coralie le sait.

— J'ai décidé de lui botter le cul, monsieur Sévigny, dit crûment Coralie. Je vais la remettre en forme. Je lui ai mis une épaisseur de fond de teint. Elle va crier pour l'équipe, ou gare !

Les jambes levées, les pompons sautillants, les meneuses crient : « Michel ! Michel ! C'est notre homme ! »

— Lui mettre du rouge à joues, Coralie, dit le directeur en riant, n'est pas exactement la remettre sur pied.

— C'est bruyant ici, Coco, dit Anya d'un ton agité. Je veux rentrer à la maison.

— Je reste avec toi, dit Coralie. Ne te plains pas.

Monsieur Sévigny sourit et s'éloigne pour accueillir un parent.

— Oh ! Arnold ! dit le parent avec ravissement. Ça encourage tellement les garçons que leur directeur soit là.

Coralie tire Anya vers le haut des gradins. Elle découvre un espace assez grand pour elles… et aperçoit Guylaine et Vicki à sa droite.

— Anya a l'air correct, dit Guylaine. Elle doit faire des progrès avec son psychiatre.

Les joues d'Anya rougissent. Coralie songe à arracher les doigts de Guylaine, quand elle remarque que c'est la première fois en plusieurs mois qu'Anya est suffisamment consciente pour être blessée. Coralie presse la main d'Anya pour la réconforter, et Anya lui rend sa pression. « Elle est de retour ! » se dit Coralie. Sa joie bondit jusqu'au plafond du gymnase.

— Alors, allez-vous skier durant le congé de trois jours ? demande Guylaine à Coralie. Quelle descente vas-tu prendre ? La bosse du lapin ?

— Je suppose que tu auras des jeans, dit Vicki. À ta première chute, tu seras trempée.

« Bruno doit être un excellent skieur, pense Coralie. Il ne voudra pas d'une Anya qui tombe et qui porte des jeans mouillés.

Et si Anya n'est pas à la hauteur ? Et si Bruno l'abandonne ? »

Le lendemain matin, les Sévigny parlent de la fin de semaine de ski qu'ils offrent gracieusement aux trois insulaires. Ils déclarent qu'ils vont payer des leçons de ski à Dorothée.

— Des leçons de ski ! Moi aussi, j'en aurai besoin, clame Coralie.

— Je ne pense pas que ton récent comportement mérite une telle récompense, dit madame Sévigny.

Coralie cherche le regard d'Anya pour du

réconfort. Celle-ci lève les yeux au ciel. Coralie se plonge dans la contemplation de ses céréales, priant pour que les Sévigny n'aient rien vu.

« S'il fallait que les Sévigny découvrent qu'Anya va mieux ! »

— Dorothée, regarde les jolis gants que je t'ai achetés, dit madame Sévigny.

Coralie n'a jamais vu des gants pareils. Un vert si foncé et brillant que c'est comme la mer en eau profonde, un tissu si souple que c'est comme une peau.

« Je veux des gants comme ça », pense Coralie.

Elle voudrait les arracher des mains de Dorothée et les mettre à ses propres mains et…

La jalousie est éveillée en elle, s'emparant de ses bonnes pensées pour les rendre mauvaises. Les Sévigny sourient. « Les gants ne sont pas pour Dorothée, se dit Coralie. Ils sont pour moi. Pour faire ressortir le pire en moi. Pour que j'abandonne Dorothée. »

Chapitre 17

Lorsque Coralie est envoyée au bureau du directeur, elle se demande à qui il veut la montrer cette fois.

— Monsieur Sévigny n'est pas à son bureau présentement, dit la secrétaire, sans lever la tête. (C'est ce que les secrétaires font de mieux à cette école: faire semblant de ne pas voir les élèves.) Il montre aux commissaires une fissure dans le toit de l'aile ouest. Tu vas devoir attendre.

Coralie attend… le bon moment. Elle se glisse dans le bureau de monsieur Sévigny.

La serviette est posée sous le bureau.

«Je l'ai! exulte Coralie. Je savais que je gagnerais finalement. Le Bien *triomphe* du Mal.»

Elle empoigne la serviette.

Elle a fait deux pas vers son casier lorsque monsieur Sévigny apparaît au bout du corridor, venant vers elle. Il est accompagné des commissaires.

Coralie fait volte-face et se dirige dans l'autre direction. Elle ne court pas mais elle marche à grands pas. Monsieur Sévigny a une image à maintenir. Il ne peut pas courir derrière elle. Il ne peut crier : « Arrête, voleuse ! » devant des commissaires.

— Excusez-moi, s'il vous plaît, dit monsieur Sévigny d'un ton posé. J'ai un problème de discipline à résoudre. Je vous téléphonerai dès que possible.

Elle voudrait regarder derrière elle pour voir s'ils se serrent la main ou s'il est déjà à sa poursuite. Elle s'oblige à continuer. Elle tourne à droite.

Le corridor est horriblement long. Elle est rendue aux trois quarts, quand monsieur Sévigny tourne le coin derrière elle.

— Coralie ! crie-t-il.

Elle continue à marcher.

— Coralie ! crie-t-il à nouveau.

La cloche sonne.

Les élèves sortent des salles de classe. Criant, se bousculant, ils remplissent le corridor comme une éruption de volcan.

Coralie se jette dans une cage d'escalier et se met à monter.

La voix de monsieur Sévigny résonne plus bas :

— Coralie ! Coralie Rollin !

C'est trop tard pour être subtil. Il a peur. La serviette est importante.

Dans quelques instants, la cloche va sonner de nouveau. Les corridors vont se vider.

— Coralie !

Coralie a une crampe à la main qui tient la serviette. Des élèves la regardent, surpris. Monsieur Sévigny crie son nom.

Elle atteint l'escalier principal. Elle descend en courant. Derrière elle, la cloche sonne. Les cours reprennent. Quand elle parviendra en bas près du bureau devant lequel tout a commencé, elle sera la seule élève en vue.

Ses larmes commencent à couler. Comme elle déteste monsieur Sévigny d'avoir le pouvoir de la faire pleurer ! Comme elle se déteste de n'avoir que treize ans et d'être faible !

À mi-chemin, elle tombe sur Guylaine.

Comment se fait-il que Coralie a prié pour avoir de l'aide et que c'est Guylaine qui surgit ? Elle chuchote :

— Guylaine, s'il te plaît aide-moi. Prends cette serviette et cache-la dans ton casier. Ne le dis à personne. C'est une question de vie ou de mort.

Guylaine la dévisage. Coralie lui fourre la serviette dans les mains.

— Vite ! Guylaine ! S'il te plaît !

— Mais, c'est la serviette de monsieur Sévigny ! Que fais-tu avec ?

— Je l'ai volée. Elle contient des documents dont j'ai besoin.

Guylaine a le souffle coupé.

Elles entendent le lourd martèlement de pieds. Monsieur Sévigny court. Coralie ne réussira sans doute rien d'autre, mais elle l'a rendu désespéré.

Guylaine s'enfuit, emportant la serviette.

Coralie retient la porte derrière Guylaine et la laisse se refermer sans bruit.

Monsieur Sévigny se précipite en bas des escaliers. Il avance les mains comme pour secouer Coralie jusqu'à ce que son épine dorsale casse. Coralie lui échappe, ouvre la porte et se retrouve devant les deux commissaires qui poursuivent leur conversation. Elle fait semblant de renouer son lacet de soulier.

— Eh bien, Arnold, dit plaisamment l'un des commissaires, vous êtes toujours si efficace. Nous avons trouvé une autre solution pour le toit. Avez-vous une minute?

— Bien sûr, dit doucereusement monsieur Sévigny. Allons dans mon bureau.

Coralie est seule dans le corridor. Où est le casier de Guylaine?

Guylaine sort de la toilette des filles.

— Tout va bien, Coralie, dit-elle. Tu as été gentille avec moi en classe. Alors je ne dirai à personne que tu as volé la serviette de monsieur Sévigny. Je l'ai remise dans son bureau. Ces secrétaires stupides n'ont même pas levé les yeux.

Coralie reste tout à fait immobile.

Il est présentement dans son bureau avec les commissaires. Quand il s'assiéra, ses souliers cirés heurteront la serviette.

«Je ne suis plus certaine que le Bien triomphe du Mal, pense Coralie.

J'ai peur que le Mal ne gagne.»

Chapitre 18

— Venez tous chez moi, dit Jonas. Le labyrinthe est glacé.

La mère de Jonas leur donne de vieilles chaussettes à enfiler par-dessus leurs bottes. Puis elle dit :

— Coralie ! Pourrais-tu entrer un moment ? Je veux te montrer quelque chose.

Coralie est méfiante avec les adultes qui ont quelque chose à lui montrer. Elle entre en hésitant.

Madame Bergeron dépose une grande boîte de carton sur la table.

— Ceci n'est pas neuf mais je ne l'ai porté qu'une seule fois.

Elle soulève le couvercle. Une couleur vive chante dans la boîte.

Madame Bergeron déplie un ensemble de ski si jaune soleil et blanc neige que Coralie cligne des yeux. Elle le tient devant Coralie.

— C'est un peu grand, admet-elle. Mais quand on skie, on a besoin de flexibilité.

Coralie tremble.

— Essaie-le, lui dit madame Bergeron. Je me

sentirai tellement mieux si cet ensemble sert à quelqu'un.

Coralie le met. Elle ne dit rien. Son cœur est trop plein pour les discours.

Madame Bergeron la conduit à l'étage devant un miroir de plein pied. Coralie s'examine : une jonquille dans la neige.

Madame Bergeron l'embrasse.

Les mamans sont les êtres les plus merveilleux du monde !

— Quand tu arriveras à la station de ski, dit madame Bergeron, tu enfileras ça et tu seras la fille la plus magnifique sur les pentes.

Elle plie les vêtements et les met dans un sac de papier. Elle est cachée, la victoire secrète de Coralie !

Chapitre 19

Les filles partagent une chambre, dont l'immense fenêtre regarde directement les pentes de ski. Sur la porte de la salle de bains, il y a un grand miroir, dans lequel Dorothée s'admire complaisamment.

— Tu es parfaite, lui dit madame Sévigny, en entrant dans la chambre.

Dorothée la regarde timidement, aussi avide des compliments de madame Sévigny que Coralie le serait de ceux de Bruno.

— J'ai tout de même peur de tomber, dit Dorothée, en frissonnant.

Dans sa tenue matelassée, madame Sévigny a déjà la forme d'un réfrigérateur.

Coralie est déshabillée, mais elle n'a pas encore sorti l'ensemble jaune du sac de papier. Ses jeans gisent en un paquet informe sur le plancher. Anya porte une misérable veste tachée et déchirée qui pend lâchement sur ses épaules étroites.

Le regard de madame Sévigny passe sur Coralie et Anya, et elle est satisfaite de ce qu'elle voit.

— Bien sûr que tu vas tomber, dit-elle à

Dorothée. Les débutants tombent toujours. La bosse du lapin est faite pour les chutes. Et avant que tu le saches, tu descendras Gentil Cerf, qui est la piste pour les débutants avancés et puis Cerf Courant, qui est la piste intermédiaire.

Dorothée prend la main de madame Sévigny.

— Nous avons décidé de vous inscrire toutes en classe de débutants, dit madame Sévigny. Après tout, nous ne voulons pas d'os brisés dès la première descente, n'est-ce pas?

Elle sourit, comme si elle avait prévu les os brisés pour plus tard.

— Alors, Anya et Coralie, dépêchez-vous de vous préparer et retrouvez-nous à la bosse du lapin.

Des parents admiratifs doivent pouvoir complimenter les Sévigny quoi qu'il arrive à Dorothée. Voilà pourquoi ils font les généreux en inscrivant aussi Anya et Coralie.

— Et tu ne faisais pas confiance aux Sévigny pour organiser la plus parfaite des fins de semaine, dit Dorothée à Coralie. (Elle étreint madame Sévigny.) Vous saviez que j'aurais besoin de quelqu'un avec qui tomber, n'est-ce pas? Je vous remercie d'être gentille avec Coralie même si elle est difficile.

Dorothée et madame Sévigny quittent la chambre sans un regard derrière elles.

C'est au tour de Coralie de s'admirer dans le miroir. Elle glisse ses jambes dans la doublure satinée des pantalons. Elle enfile la veste jonquille. Elle se demande si Bruno sourira en l'apercevant et dira: « Ciel, que tu es belle! »

— Coco, chuchote Anya, regarde !

Comme les Sévigny, la plupart des gens sur les pentes portent des couleurs sombres. « Quand je serai là dehors, pense Coralie, je trancherai sur la neige et le ciel — jaune citron avec du blanc. Je serai magnifique. Différente. Mémorable. »

Anya pointe un fin doigt tremblant.

Coralie aperçoit Bruno.

Bruno ! Un bandeau écarlate soulève ses cheveux noirs. Une balafre métallique traverse son costume rouge, de la poitrine aux genoux. Appuyé sur ses skis, il examine chaque personne sortant de l'hôtel.

Bruno, je t'aime ! pense Coralie. Puis, honteuse, elle se tourne vers Anya qui l'aime aussi.

— Il est venu, souffle Anya.

Des larmes emplissent ses yeux. Elle presse ses mains sur la fenêtre et regarde Bruno. Le vent attaque Bruno mais il ne bronche pas, surveillant les skieurs, cherchant Anya.

Anya s'examine. Elle rougit puis elle prend une pénible petite inspiration, relève le menton et dit :

— Je l'aime. L'amour n'a pas besoin d'habits parfaits.

Elle embrasse Coralie.

— Annule mon inscription à la classe de débutants, chuchote-t-elle. Bruno m'apprendra.

Coralie tient son rêve encore une autre seconde : un merveilleux instant de l'amour de Bruno, du contact de Bruno. Puis elle dit :

— Vite ! Change de vêtements avec moi. Tu dois être parfaite pour Bruno.

— Non ! dit Anya. Madame Bergeron te les a donnés. Pour que les Guylaine et les Vicki ne se moquent pas de toi.

— Je sais riposter, dit Coralie.

Elle enlève tout. Elle essaie de ne pas pleurer.

Anya se mord les lèvres, ne regardant pas Coralie mais le joyeux tas duveteux à ses pieds. Puis, avec une rapidité désespérée, elle arrache ses vêtements et enfile les jaunes. Coralie arrange les cheveux d'Anya en souples boucles noires.

—Merci, Coco ! chuchote Anya, en la serrant dans ses bras.

Anya sort de la chambre en courant.

Coralie, remettant lentement ses jeans et sa vieille veste ordinaire, s'approche de la fenêtre et observe Bruno.

Toute sa vie, elle se rappellera Anya descendant les marches de l'hôtel et l'expression de Bruno la reconnaissant à peine. Comment il rejette soudainement sa tête en arrière et rit. Comment il se précipite et, avec ses mains nues dans le froid mordant, relève le visage d'Anya vers lui. Comment il embrasse ses lèvres douces et lui parle et l'embrasse encore.

Coralie est une stupide petite fille de treize ans, seule dans un monde glacé.

Bruno aime Anya. L'a toujours aimée, l'aimera toujours.

La bosse du lapin est à peine une colline. Le cours regroupe des gens de tous les âges. Personne d'autre ne porte de jeans.

Le vent transperce le tissu en denim comme si les jambes de Coralie étaient nues.

Skier est comme apprendre à rouler à bicyclette : une fois qu'on l'a, on l'a.

À l'étonnement de Coralie, Dorothée a les joues rouges de joie. Le vent soulève les cheveux de Coralie comme des bannières argentées et dorées. L'instructeur crie :

— Quelle magnifique chevelure ! Je n'en ai jamais vue de pareil. Est-elle vraie ?

Coralie et Dorothée rient ensemble.

La neige et la pente ont ravivé leur amitié.

Les Sévigny ont disparu. Ils sont vêtus de bleu foncé. Dès qu'ils prennent la file quelque part, il est impossible de les distinguer des autres skieurs. «Je ne saurai jamais où ils sont», se dit Coralie. Et elle ressent un frisson qui n'est pas dû au vent.

En deux heures, Coralie et Dorothée maîtrisent la technique.

— Beau travail, les filles ! dit l'instructeur. Voilà, un peu plus loin, vous avez Gentil Cerf et Cerf Courant. Je surveillerai votre première descente, et puis vous serez laissées à vous-mêmes parce que je commencerai une autre leçon.

Les deux filles prennent la file à Gentil Cerf.

Le siège métallique du remonte-pente n'est pas plus large qu'une balançoire. Le dossier est une plaque métallique et, devant, une mince barre de métal se ferme en s'enclenchant. Chaque fois que le remonte-pente s'arrête pour laisser monter un passager, les skieurs du haut sont secoués. Leurs jambes pendent dans le vide.

— Je ne peux pas, murmure Dorothée. Rentrons et chauffons-nous près du feu...

Un assistant les assied sur le siège métallique, referme la barre et les voilà qui montent vers la montagne.

Coralie est terrifiée. Elle ne savait pas que c'était si haut. Et peu solide. Quand Dorothée bouge, le siège se balance affreusement. Elles crient toutes les deux.

Au sommet, un assistant ouvre la barre métallique. Dorothée se laisse glisser en bas du siège, tombant sans gloire sur son postérieur.

— On est vivantes ! crie-t-elle, couchée par terre.

Coralie prend une grande inspiration, et le vent arrache l'air de ses poumons, la laissant sans souffle.

— Vas-y la première, dit Dorothée.

— Je ne peux pas, dit Coralie.

— Bien sûr que tu peux, dit l'assistant.

Et il donne une poussée d'abord à Dorothée puis à Coralie.

Dorothée hurle. Coralie comprend l'expression « avoir le cœur sur le bord des lèvres ». Elle dépasse Dorothée, pensant : « Comment est-ce que j'arrête ? »

Elle et Dorothée sont arrêtées par leur instructeur.

— Beau travail, les filles ! dit-il. Pas un nerf n'a bougé. Bien, profitez de votre journée ! À la prochaine !

Coralie est devenue bonne skieuse en peu de temps ; et elle sait pourquoi : elle a forcé son corps et son esprit. Autrement, ses pensées se seraient enroulées autour de Bruno.

Comme elle désire être Anya ! Ou au moins porter le costume jaune.

Des heures se sont écoulées. La neige ne paraît plus blanche mais bleue.

— J'ai froid, dit Dorothée. Je m'en vais.

— Ne veux-tu pas essayer Cerf Courant ?

— Mes pieds n'en peuvent plus, dit Dorothée.

— C'est vraiment terrible ! dit Bruno, qui est soudain là, leur souriant de haut.

Bruno est parti en pension avant que Dorothée n'arrive de l'île. Elle pense qu'il n'est qu'un joyeux étranger. Enlevant ses skis, Dorothée se dirige vers l'hôtel.

Coralie n'est qu'à quelques centimètres de lui. Elle n'a pas grandi durant l'hiver mais lui, oui. Et il est aussi beau qu'elle se souvient.

— Je suis contente de te voir, dit-elle cérémonieusement.

Bruno lui sourit.

Coralie se sent aussi faible que Dorothée. Elle voudrait se coller contre lui et être serrée dans ses bras.

— Où est Anya ? demande-t-elle.

— Comme Dorothée. Épuisée. Quel est votre problème, filles de l'île ? Pas de force intérieure ? dit-il en riant.

La force intérieure de Coralie l'a désertée au moment où Bruno est apparu.

— Tu ne veux pas rentrer déjà, n'est-ce pas ? demande-t-il. Skie avec moi, d'accord ?

— Tu es trop expert pour moi, répond Coralie. Je

n'ai même pas encore essayé Cerf Courant.

— Je skierai avec toi. Je t'ai observée: tu as du talent. Je crois que le ski va devenir ton sport préféré.

Il lui prend la main. Ils zigzaguent vers le remonte-pente.

— Il y avait un devoir en français, dit-il. On devait décrire quelque chose d'inhabituel. J'ai parlé de tes cheveux.

Coralie frissonne de plaisir.

— Anya m'a dit que le costume jaune est à toi. Demain, porte-le. Elle n'aime pas vraiment skier. C'était adorable de ta part de le lui donner, mais je dois dire que ça me blesse. Vous deux pensiez que je ne l'aimerais plus si elle portait de vieux vêtements. Les vêtements n'ont rien à voir avec ça. Des jeans, ce n'est pas assez chaud, Coco.

Que Bruno s'inquiète qu'elle ait assez chaud la rend encore plus amoureuse.

— Si les vêtements n'ont rien à voir avec ça, dit-elle, alors pourquoi te préoccupes-tu de qui porte quoi?

— Les vêtements n'ont rien à voir avec l'amour, répond-il en riant, mais beaucoup à voir avec le ski.

Ils s'installent ensemble dans le remonte-pente.

Pour cette randonnée, il n'y a plus de différence d'âge, elle n'a plus treize ans et il n'a plus dix-huit ans. Bruno veut quelqu'un. Et Anya n'est pas là. S'est-elle retirée dans son âme perdue pour qu'il ne puisse la rejoindre?

« Peut-être que tout ce que ça prend pour aimer,

se dit Coralie, c'est d'en avoir envie en même temps.

Bruno veut être amoureux.

Anya n'est pas là.

Je pourrais l'avoir. »

Chapitre 20

La main de Bruno posée sur sa taille, Coralie skie avec assurance, tandis que son cœur perd l'équilibre.

À travers les cris du vent, soudain, Coralie entend un gloussement.

Un homme énorme les dépasse en skiant à toute allure. Son visage est dissimulé par une cagoule. Des lèvres épaisses sort un son que Coralie connaît trop bien.

Le gloussement des caves et des gradins écrasés *ici*?

Sur Cerf Courant?

« Je suis en sécurité », se dit Coralie.

Bruno s'arrête et retient Coralie. Il pointe du doigt les pentes assombries, maintenant presque vides. Les sièges des trois autres remonte-pentes se balancent dans le vent: le petit remonte-pente à Gentil Cerf, le moyen à Cardinal, et l'incroyablement haut à Suicide.

— Viens! dit Bruno. Descendons Cardinal.

— Bruno! proteste Coralie. C'est mon premier jour de ski.

— Peureuse !

— Je ne suis pas une peureuse !

— Je vais skier avec toi. Tu peux le faire. À moins que tu ne sois une poule mouillée. Allons ! Cardinal. Avec moi.

Il s'éloigne en riant. Il regarde une fois par-dessus son épaule pour s'assurer qu'elle le suit. Ses longues jambes expérimentées glissent rapidement sur la neige vers le remonte-pente de Cardinal. Poussant sur ses bâtons, elle s'efforce de le suivre.

— Bruno ! appelle-t-elle. Tire-moi ! Allons, sois gentil !

Le costume rouge à la fermeture argentée s'arrête. Coralie agrippe le bas de la veste, et Bruno recommence à skier, en la tirant. Elle doit se concentrer pour empêcher l'avant de ses skis de se prendre dans ceux de Bruno. Scrutant le sol et l'arrière de ses bottes, elle tient bon.

Ils sont chanceux. Il n'y a qu'une personne devant eux au remonte-pente.

Mais il fait noir. La neige tombe de plus belle. Elle protège son visage de son coude. « Je me demande si j'aurai des engelures à porter ces jeans mouillés » pense-t-elle.

Elle se laisse tomber sur le siège à côté de Bruno et s'appuie contre lui. Il ne lui dit pas de s'écarter. Peut-être qu'Anya ne lui manque pas. Mais en même temps que son âme est heureuse, une lame de culpabilité traverse Coralie, aussi froide que le vent. Elle se fait une réflexion étrange au sujet de l'odeur de Bruno. La senteur de sa lotion après-rasage n'est pas là. Elle tourne la tête pour le voir. La neige se jette dans sa figure.

Comme ils sont haut !

Au loin, elle aperçoit les autres remonte-pentes. Ils sont tous à sa gauche. Elle reconnaît Gentil Cerf et Cerf Courant et… Cardinal.

— Bruno ! souffle-t-elle. Bruno, on est sur Suicide ! Pourquoi as-tu fait ça ?

Il ne dit rien.

Elle le regarde.

Ce n'est pas Bruno.

C'est la créature de ses cauchemars : la combinaison de plongée, le gloussement la coinçant sous des gradins. *C'est lui* !

Coralie hurle.

Il n'y a nulle part où aller. Coralie semble plus proche des avions que de la Terre.

L'être commence à glousser. Coralie hurle :

— Ne me touchez pas !

Elle regarde en bas. Cette montagne est féroce, elle est armée de rochers, de ravines et de gouffres. Elle ne s'appelle pas Suicide pour rien. Au-dessous de Coralie bâille un ravin, ses rocs sont si pointus qu'aucune neige ne s'y accroche.

Elle le griffe, essayant de soulever la cagoule, de voir qui c'est.

Mais il la pousse.

Et en même temps, il libère la barre de métal.

Coralie roule en bas du siège étroit.

Ses cris flottent comme une banderole dans le ciel. Elle voit la neige venir vers elle, entend le gloussement, entend le siège s'avancer plus loin. Du sol s'élève un chœur de cris des skieurs.

« Mon dossier ! pense Coralie. Il est fermé à jamais maintenant. »

Chapitre 21

Orange.

Tout est orange.

— Tout va bien, ma belle, disent les gens orange. On va seulement t'étendre sur ce traîneau. N'aie pas peur.

Il y a une foule de jambes de toutes les couleurs : bleu, vert, jaune, rouge...

«*Rouge*, pense Coralie. Le costume rouge que j'ai pris pour Bruno. Il m'a poussée en bas du siège.»

Elle essaie de relever la tête, mais des mains orange la pressent.

— Reste couchée, ma belle. Tu es tombée dans de la neige molle. Tu ne t'es pas brisé d'os. Nous estimons que tu n'as que des ecchymoses, mais tu dois rester étendue jusqu'à ce qu'un médecin t'examine.

C'est l'équipe de secours. Par-dessus leurs vêtements de ski, ils portent des vestons en plastique orange fluorescent. Et les jambes colorées : un rassemblement de skieurs à la hauteur de ses yeux.

— Pourquoi tout le monde crie-t-il? chuchote Coralie.

Elle n'est plus sur la montagne. Ils l'ont emmenée dans l'espace dégagé à l'avant de l'hôtel et attendent l'ambulance.

— Ils sont contents que tu ailles bien, dit une sauveteuse. Plusieurs t'ont vue tomber de ce siège du remonte-pente. C'est notre cauchemar à tous.

— Je ne suis pas tombée, dit Coralie. On m'a poussée.

Mais la sauveteuse lui tapote la main.

— Tu es encore sous le choc, ma belle, dit-elle. Personne ne t'a poussée. La barre s'est probablement ouverte.

— L'homme en costume rouge, proteste Coralie.

Les Sévigny fendent la foule pour atteindre Coralie.

Bruno arrive le premier.

— Je pensais que tu étais juste derrière moi ! dit-il.

Il la palpe de haut en bas par-dessus ses vêtements, comme s'il espérait trouver et réparer lui-même ses os cassés.

— Elle était avec moi ! dit Bruno à l'équipe de sauveteurs. Je voulais l'emmener descendre Cardinal, en paire. Et voilà qu'elle disparaît.

— Elle a pris le mauvais remonte-pente, dit un homme. On a mis des écriteaux partout. Je ne sais pas ce qu'on peut faire d'autre pour que ce soit clair que Suicide est pour les experts. N'as-tu lu aucun de ces écriteaux, ma belle ? demande-t-il à Coralie d'un ton irrité.

— Je n'ai pas levé la tête, murmure Coralie.

— Super ! dit le sauveteur. Il y a une douzaine d'écriteaux, et la petite ne se donne pas la peine de lire.

— Bruno, écoute-moi. C'est cet homme. Il est ici. En costume de neige. Rouge. Comme le tien. Je pensais que c'était toi.

— Je suppose qu'elle s'est frappé la tête, dit la sauveteuse. Elle divague.

Madame Sévigny s'agenouille brusquement à côté du traîneau.

— Chérie ! crie-t-elle. Dieu merci, tu n'as rien !

Elle jette un regard implorant aux gens orange.

— C'est ma faute ! Je ne l'ai pas surveillée d'assez près. Je ne pensais pas qu'elle essaierait quelque chose comme ça !

L'équipe de sauveteurs est absolument choquée.

— Vous voulez dire qu'elle l'a fait intentionnellement ?

— Non ! hurle Coralie. Ne l'écoutez pas !

— Elle est sous soins psychiatriques présentement, dit madame Sévigny. Le nom de la pente doit l'avoir stimulée.

— Ce n'est pas vrai ! hurle Coralie.

Monsieur Sévigny se tient au-dessus d'elle. Il baisse son capuchon pour dévoiler sa tête distinguée. La foule se tait, impressionnée.

— Nous avons eu de la chance, souffle-t-il.

— Vous avez eu de la chance, répète la foule.

Coralie bondit, prête à lui sauter à la figure. Bruno la rattrape.

— Non ! Tu vas faire leur jeu ! Ils cherchent une occasion pour t'interner, lui souffle-t-il à l'oreille.

Ne la leur donne pas! Tous ces témoins! Coco! Reprends-toi. Souris. Sois adorable.

«Encore une fois, ils ont gagné, pense Coralie. Je refuse de le croire. Je refuse de croire que je peux être projetée en bas d'un remonte-pente, que tous ces gens le voient et continuent de penser que c'est *moi* la folle!»

— Je t'aime, Coralie! souffle Bruno. Sauve-toi! M'entends-tu?

Coralie se tourne vers l'équipe de sauvetage:

— Je ne peux assez vous remercier, leur dit-elle courtoisement. Comment ai-je pu être aussi stupide: monter sur le mauvais remonte-pente et mal refermer la barre de sécurité? Excusez-moi pour avoir causé tout ce remue-ménage. Je vais bien. Je n'ai besoin ni d'un médecin ni d'une ambulance.

L'équipe de sauvetage hésite. Coralie semble bien, mais que voulait dire cette femme à propos de son état mental?

Coralie est sauvée par Dorothée.

— Coco! Es-tu bien? J'ai tout vu de la fenêtre! Mais je ne savais pas que c'était toi là-haut!

Les deux filles s'embrassent. La foule murmure:

— Oh! Que c'est mignon!

— Rentrons à l'hôtel, dit Bruno. Allons nous réchauffer.

Bruno soutient Coralie. Les Sévigny suivent.

«J'avais une chance de les coincer avec la vérité et je l'ai ratée!» se dit Coralie.

Comme s'il lisait dans ses pensées, Bruno dit:

— Ils avaient une chance de te coincer, Coco. Ils

t'auraient enfermée avec Val pour avoir tenté de te suicider. Sur la pente Suicide. C'est très subtil quand tu y penses.

Dorothée n'aime pas que Coralie ait toute l'attention. Elle tend les bras vers monsieur Sévigny, demandant d'une voix pitoyable :

— Portez-moi ! Je me sens faible après ce qui est arrivé à Coralie.

Monsieur Sévigny la saisit.

— Ne t'inquiète pas, petite chérie ! roucoule monsieur Sévigny. Tu es en sécurité avec moi.

La foule soupire de plaisir. Plusieurs personnes prennent des photos. Bruno et Coralie vont de l'avant. Les Sévigny les suivent dans l'hôtel.

À l'intérieur, un grand feu crépite dans la vaste cheminée.

— Chaleur ! murmure Coralie. Je pourrais entrer dans les flammes. J'ai si froid.

— Chut ! dit vivement Bruno. Tu ne voudrais pas que les Sévigny citent cette phrase.

— Non, mais je veux avoir chaud.

— Tu as besoin d'un bain chaud, dit Bruno. Où est Anya ? Elle t'emmènera dans la chambre.

Anya descend l'immense escalier. Elle s'est habillée pour le dîner. Elle est aussi belle qu'une princesse, aussi fragile que du verre.

L'étreinte de Bruno se desserre. Ses regards sont pour Anya et pour Anya seule. Il traverse la pièce. Il prend Anya dans ses bras et l'embrasse. Puis, parfaitement synchronisés, ils se dirigent ensemble vers Coralie.

«Je ne t'ai jamais eu, pense-t-elle, peinée. Tu as toujours été à Anya.»

Elle détourne la tête pour que personne ne voie la peine que ça lui cause.

— Bruno! disent les Sévigny. Pourquoi n'es-tu pas à ta pension? Que se passe-t-il, jeune homme?

Ils essaient d'être le directeur féroce et l'enseignante rude, mais l'hôtel dilue leur pouvoir sur Bruno. Celui-ci s'incline en moquerie devant eux. Ses yeux sont semblables aux leurs: durs, vindicatifs. S'ils entrent dans l'arène, Bruno vaincra.

Pour Anya, il combattra.

Coralie souffre. Mais au moins, les Sévigny sont battus. Elle a survécu et Anya a Bruno.

Madame Sévigny se redresse.

— Arnold! dit-elle très fort à son mari, après cette exténuante escarmouche avec la mort, je suis trop bouleversée pour rester. Je suis à bout de nerfs. Les filles, faites vos bagages! Aussitôt que Coralie est changée, nous rentrons à la maison. Ce soir!

— C'est très sage, madame Sévigny, dit Dorothée. Coco dormira dans la voiture.

— Je préfère dormir dans la chambre, murmure Coralie.

Monsieur Sévigny prend Coralie dans ses bras. Elle est trop fatiguée pour résister. Bruno est trop absorbé par Anya pour le remarquer. Dorothée se renfrogne.

Anya s'appuie contre Bruno.

— La maison? murmure-t-elle. Oh! non, je viens juste de te revoir. Pas encore!

« Juste comme elle refleurit, se dit Coralie, ils lui coupent sa source d'énergie. »

— Viens Anya, dit madame Sévigny. Ne lambine pas.

— Anya reste pour la fin de semaine, dit Bruno. Je la reconduirai.

— Certainement pas, dit madame Sévigny. Je ne donne pas ma permission.

— Permission ? dit Bruno. Vous n'en avez pas à donner. J'ai dix-huit ans. Je peux voter. Et je peux décider de raccompagner Anya à l'auberge.

Un froid s'installe dans le cœur de Coralie. « Si je rentre sans Anya ni Bruno, se dit-elle, et qu'il n'y a que Dorothée entre les Sévigny et moi... cela veut dire qu'il n'y a rien entre les Sévigny et moi. Je suis si près de la vérité maintenant qu'ils n'attendront plus longtemps pour se débarrasser de moi. Bruno, j'ai besoin de toi ! »

Elle n'a pas parlé tout haut. Elle pense cela dans son sommeil. Elle s'est endormie sur l'épaule de monsieur Sévigny. Elle le sait et ne le sait pas, voulant bouger mais continuant à dormir.

Ainsi donc, Coralie et Dorothée rentrent à l'auberge de la Goélette avec les Sévigny.

Coralie dort jusque tard le lendemain quand Dorothée la réveille.

— J'ai déjeuné, dit impatiemment Dorothée. Allons chez Jonas. Ils jouent dans le labyrinthe de glace. On doit tout leur raconter. Et j'ai des photos.

Un des skieurs en a pris. On va les montrer à tout le monde.

— Des photos de ma chute ? crie Coralie, s'éveillant immédiatement, pensant : « Des preuves ! Des preuves ! Ça y est ! Une photo de l'homme au costume rouge — la preuve que j'ai été poussée ! J'y suis, je les ai, j'ai gagné après tout, je... »

— Non, non, dit Dorothée. Personne n'a pris de photos à ce moment-là. Ce sont des photos de nous te rescapant. Regarde celle-ci de moi dans les bras de monsieur Sévigny.

* * *

Ils sont tous surpris de voir Dorothée et Coralie les rejoindre.

— Vous deviez être parties pour trois jours ! s'étonne Jonas.

— As-tu porté le costume jaune ? demande madame Bergeron. T'es-tu amusée ?

— Coralie est tombée du remonte-pente, dit Dorothée, avec importance.

— Non ! crient-ils tous. C'est terrifiant ! Qu'est-il arrivé ?

Dorothée leur donne sa version des faits.

— Dorothée, tais-toi, intervient Jonas impatiemment. Je veux entendre ce qu'en dit Coralie. Tu n'étais pas là.

— Si, j'y étais ! proteste Dorothée. Regarde ces photos de moi !

— Personne ne s'intéresse à des photos de toi, dit

Jonas en la repoussant. Coralie! C'est si effrayant.

Il la tire à l'écart dans un coin ensoleillé près de la maison.

— Coco, chuchote-t-il, y avait-il quelque chose de plus que… bien… tu sais… les Sévigny?

«Je pourrais être en train de skier, pense Coralie. Avec Bruno. Glissant au sommet du monde, sa main sur ma taille. Le soleil brillerait au-dessus de Cerf Courant plutôt qu'au-dessus de cet ennuyant fond de cour. »

Elle veut partager ses soucis avec Bruno, pas avec Jonas! Elle veut l'attention de Bruno, pas celle de Jonas! Coralie soupire.

— Je ne sais pas, dit-elle. Allons jouer.

Au moment de rentrer à l'auberge, elle ne trouve pas Dorothée.

Elle hausse les épaules. Dorothée ne reste jamais quand elle n'est pas le centre de l'attention. Dorothée est certainement rentrée toute seule.

Chapitre 22

Dorothée n'est pas à l'auberge de la Goélette.

Le soleil se couche. Le ciel devient noir. Et Dorothée ne rentre pas.

Michel, Benjamin et Coralie mettent leur manteau et leurs bottes et sortent à la recherche de Dorothée. Ils cherchent le long du trajet entre la maison de Jonas et l'auberge de la Goélette.

— Quand on rentrera, dit Michel, on la trouvera dans la cuisine avec madame Sévigny.

«Peut-être que Dorothée a déjà été dans la cuisine avec madame Sévigny, se dit Coralie. A-t-elle disparu parce que les Sévigny en ont décidé ainsi?»

— Ou elle est dans la maison tout ce temps-là, dit Benjamin. Cachée dans quelque racoin en train de lire.

Ils aiment cette idée. Les jeunes insulaires reviennent en courant à l'auberge de la Goélette. Ils fouillent partout.

Dorothée n'est pas à l'auberge de la Goélette.

Les garçons et Coralie s'asseyent silencieusement à la cuisine, regardant les Sévigny.

«Même moi, songe Coralie — et je sais à quel point ils sont maléfiques — même moi, j'attends d'eux qu'ils agissent en adultes et règlent le problème.»

À vingt et une heures, Michel dit:

— On devrait appeler la police.

Monsieur Sévigny hésite. Alors Michel saisit le téléphone et appelle lui-même.

Les policiers viennent, posent des questions et regardent partout. Pas de Dorothée. Puis les policiers vont chez Jonas pour fouiller la maison.

Elle n'y est pas.

«C'est ma faute, se dit Coralie. J'aurais dû la laisser être sous les projecteurs. Je sais qu'elle ne peut vivre sans.»

Ses mots résonnent dans sa tête: ne peut vivre, ne peut vivre!

— Dorothée a-t-elle des problèmes à l'école? demande un policier. Fait-elle une fugue?

— Comme beaucoup de jeunes insulaires, dit tristement monsieur Sévigny, Dorothée a des difficultés à l'école. Elle est une petite fille malheureuse.

Il s'arrange pour insinuer que c'est immoral de la part des Jalbert d'avoir élevé leurs enfants sur l'île du Brouillard brûlant. Il s'arrange pour laisser entendre que sa femme et lui font tout ce qu'ils peuvent pour rescaper Dorothée de son éducation insulaire.

— Dorothée n'était pas aimée, ajoute monsieur Sévigny. Son casier a été maculé. Ses cahiers tordus. Une enfant traitée ainsi peut songer au suicide, j'en ai bien peur.

— Vous inventez ça! dit vivement Coralie. Ce n'est jamais arrivé. Si ces choses étaient arrivées, Dorothée m'en aurait parlé.

— Elle ne nous disait pas grand-chose, dit Michel, combattant ses larmes. Elle se confiait surtout à madame Sévigny. Madame Sévigny est vraiment sa meilleure amie.

Madame Sévigny sourit pitoyablement et dit au policier:

— Ce n'est pas inhabituel qu'une enfant malheureuse se rapproche de l'adulte le plus équilibré. Je pense que vous connaissez les récentes histoires d'Anya et de Coralie. Quels exemples! La stabilité n'est pas un produit de l'île. Pauvre petite Dorothée! Peut-être qu'au matin... on devrait... draguer le lac. Coralie l'a amenée là. La pauvre petite Dorothée était toujours tentée d'y retourner.

— Elle ne l'était pas! crie Coralie. Ce n'était pas comme ça!

«Ils vont redécorer la chambre numéro huit, pense Coralie. Celle qui était pour Anya. Ils vont en faire la chambre de Dorothée. Couleur émeraude et pleine de livres.»

Madame Sévigny commence à pleurer bruyamment. Monsieur Sévigny met un bras autour de ses épaules.

— Personne ne vous blâme, dit vivement le policier. Vous avez fait de votre mieux.

Si Coralie dit aux policiers que le Mal personnifié est devant eux, en train de servir du café, ils diront qu'elle est devenue folle. Si elle leur raconte ce qui lui est arrivé en skiant, les policiers diront aux Sévigny : « Vraiment, tous les lunatiques ont échoué chez vous ! »

— Les jeunes insulaires, poursuit madame Sévigny, spécialement Dorothée, sont aussi fascinés par le fait qu'il y a exactement cent ans, la femme du capitaine qui a construit cette maison s'est suicidée en se jetant du haut de la coupole. Dorothée a demandé des détails. Je trouvais que c'était d'intérêt historique et je l'ai renseignée. (Madame Sévigny verse une larme.) Peut-être que Dorothée avait prémédité de faire de même. Oh ! mon Dieu, mon Dieu !

— Ma sœur ne ferait pas ça, dit Ben, aussi impassible que d'habitude. Ma sœur a le vertige. Elle avait peur de cette fin de semaine de ski parce qu'elle aurait à descendre les pentes. Je sors à nouveau pour la chercher.

— Mais où ? dit madame Sévigny. Où n'avez-vous pas regardé encore ?

— Je ne peux pas rester à rien faire, dit Ben. S'il y a un endroit où Dorothée essaierait d'aller, c'est dans l'île. Allons examiner les bateaux dans le port.

Les policiers trouvent cette idée logique. Michel et Benjamin les accompagnent.

— Moi aussi ! crie Coralie.

— Tu es trop petite, dit Michel. Et elle est notre sœur.

Coralie reste seule dans la pension avec les Sévigny.

Ils lui sourient.

Sa peau se contracte. Elle peut sentir les trois couleurs de sa chevelure se séparer et frissonner. Elle leur sourit en retour.

— Je vais appeler les Jalbert maintenant, dit monsieur Sévigny.

— Maintenant que vous savez qu'ils ne peuvent venir, dit Coralie. Personne ne peut prendre de bateau la nuit, durant une tempête de neige. Alors vous savez qu'ils resteront éveillés toute la nuit, en larmes et terrifiés.

Monsieur Sévigny sourit.

Madame Sévigny sourit.

Elle ne peut rester assise dans la même pièce qu'eux. Leurs sourires sont trop horribles, pleins d'assurance.

Coralie monte l'escalier jusqu'à sa froide petite chambre.

Elle branche la couverture électrique et s'en enveloppe. « Les Sévigny ne peuvent me faire de mal ce soir, se dit-elle. Ce ne serait pas raisonnable, alors que les policiers seront bientôt de retour. Je dois rester calme et réfléchir. Soit Dorothée se cache des Sévigny... *soit les Sévigny cachent Dorothée.*

Peuvent-ils la cacher à l'auberge ? »

Coralie s'est déjà demandée si le gloussement qui vit dans les caves monte pour manger.

Maintenant elle sait que le gloussement peut skier.

Mais sait-elle où il est ? À l'hôtel de ski ? Au gymnase de l'école ? Ici ? Avec Dorothée ?

Chapitre 23

À deux heures du matin, les policiers ramènent Michel et Benjamin et leur ordonnent de se reposer. Ils n'ont trouvé aucune trace de Dorothée.

Les garçons montent l'escalier. Les Sévigny suivent. Les Sévigny entrent dans leur chambre au deuxième. Les garçons continuent jusqu'au troisième. Coralie se précipite aux nouvelles.

— Que peut-il lui être arrivé? Elle est si prudente, dit Ben.

— Souviens-toi d'Anya cet automne, dit Michel. Comment elle répétait que la mer voulait l'un de nous.

— J'appelle Anya, dit Ben.

À l'autre bout du fil, la voix d'Anya laisse transparaître la peur qui l'a saisie en entendant le téléphone sonner au milieu de la nuit.

— Dorothée a disparu! crie Anya. Nous arrivons, Bruno et moi.

— Ce n'est pas nécessaire, dit Ben. Je voulais juste savoir si elle était avec vous ou vous avait parlé.

— Ben, dit Coralie, penses-tu que les Sévigny?…

— Coco! l'interrompt Ben, tu es aussi fêlée qu'Anya ces jours-ci. Dorothée est juste… je ne sais pas… perdue ou…

Sa voix se brise. Ben aussi est perdu.

«Les Sévigny nous auront tous capturés», songe Coralie.

Elle ferme la porte de sa chambre, celle des garçons se ferme, celle des Sévigny se ferme avec un *clic*.

Coralie regarde par sa fenêtre. En dépit de la neige épaisse, elle peut voir les lumières rouges et bleues des voitures de police cherchant Dorothée Jalbert.

«Elle n'est pas dehors», se dit Coralie.

Coralie porte son survêtement aux perroquets. Elle enfile par-dessus un vieux survêtement à capuchon. Elle met deux paires de chaussettes plutôt que des souliers. Elle prend deux lampes de poche.

À quatre heures du matin, Coralie descend l'escalier. Dans le noir, elle trouve la poignée de la porte des caves. Elle reste en haut de l'escalier, écoutant.

Silence.

Elle écoute attentivement et reconnaît le murmure de la fournaise et le bourdonnement du chauffe-eau. Elle écoute plus attentivement et trouve le battement de son propre cœur.

Puis, elle allume les deux lampes de poche et descend dans les caves.

Rien n'a changé.

Dans la première pièce, Coralie passe la main sur le mur extérieur pour tenter de découvrir des pierres qui bougent ou des courants d'air à travers des fissures. Elle pousse fort sur les murs intérieurs. Mais il n'y a pas de chambre secrète où une créature pourrait se cacher. Tous les murs intérieurs sont recouverts de contre-plaqué moisi.

Dans la deuxième pièce.

Rien.

L'humidité du sol a transpercé ses deux épaisseurs de chaussettes. Ses pieds sont froids et commencent à faire mal. «Ce n'est rien, se dit Coralie. Pense comment Dorothée doit se sentir, où qu'elle soit.»

Dans la troisième pièce.

Il y a quelques boîtes de carton et un coffre.

Le coffre est grand.

Assez grand pour contenir…

Coralie tapote le coffre avec sa lampe. Il semble épais et plein. Il n'est pas verrouillé. Elle l'ouvre facilement.

Coralie couvre sa bouche pour étouffer son cri. Les cheveux de Dorothée et son habit de neige? Du rouge et du vert brillent dans la lueur de sa lampe de poche.

Le coffre est plein de vieilles décorations de Noël.

Elle va dans la quatrième et dernière pièce.

La porte grince derrière elle. Elle se tourne, dardant le rayon de ses lampes. Rien ne bouge. Ses cheveux se hérissent.

Elle traverse la pièce.

De la pièce au coffre lui parvient le gloussement.

— Je savais que tu étais ici, souffle Coralie Rollin. Je savais qu'en voyant que c'était moi, tu sortirais.

Elle quitte la quatrième pièce. Elle tient une lampe dans chaque main, comme un tireur dans un western, avançant vers l'affrontement final.

Elle entre. Sa respiration semble plus bruyante qu'un blizzard, son cœur battant contre ses côtes plus bruyant que des vagues contre les rochers.

Il n'y a rien qui glousse.

Il n'y a rien qui bouge.

De son pied glacé, elle donne un coup dans la porte pour l'ouvrir.

Il n'y a rien de caché derrière la porte.

Il n'y a rien du tout dans la pièce.

— Dorothée ! chuchote Coralie. Es-tu là ?

Autour de ses chevilles, elle sent de l'air froid. Quelque part, une porte s'est ouverte, ou une fenêtre. Le froid de la mer traverse la cave.

Mais il n'y a ici ni porte ni fenêtre.

L'air froid est presque du vent. « Froid comme un fantôme », se dit Coralie.

La femme du capitaine. Est-elle revenue ? Est-elle faite d'air froid ?

Mais Coralie ne croit pas aux fantômes. Aucun fantôme n'a essayé de l'écraser sous des gradins.

À présent, le vent est plus fort. Il soulève ses cheveux comme des doigts cherchant sa gorge. Coralie peut sentir l'odeur de la marée basse.

Elle se met face à l'odeur et la suit, comme une piste.

Le mur n'a plus la même forme qu'avant. Il a un angle qu'elle n'avait pas senti quand elle est venue dans cette pièce. Il a en fait, maintenant, une ouverture. Un passage sortant vers la falaise.

La légende est vraie.

Le capitaine avait une raison de bâtir sa maison sur ce terrible rocher, solitaire et tourmenté par les vents : un accès privé à la baie de la Bougie. Qu'a-t-il fait entrer et sortir en contrebande par ce passage ?

Pas étonnant que la marée montante sonne comme des canons en marche quand les vagues frappent l'ouverture de ce passage. Mais où le passage pourrait-il déboucher si ce n'est sur les saillies de la falaise ?

Coralie ne peut voir la fin du passage.

Mais où que soit le gloussement et où qu'il garde Dorothée, c'est sûrement la fin du passage.

« Je vais aller réveiller Michel et Ben, pense-t-elle. Je ne parlerai ni des Sévigny ni du gloussement ; si je le fais, ils ne m'écouteront pas. Je dirai que j'ai trouvé une pièce secrète dans les caves. Nous trois ensemble, nous trouverons ce qu'il y a au bout du passage. »

Coralie est envahie par cette image : elle-même, Michel et Ben, se tenant dans un trou de la falaise, Dorothée tendant ses bras fragiles pour être sauvée. Dorothée parlera à ses frères des Sévigny, et Coralie sera libérée des mensonges qu'ils ont tissés autour d'elle, depuis celui qu'elle a brûlé ses vêtements jusqu'à celui qu'elle a attiré Dorothée sur la glace mince.

Coralie fait volte-face pour retourner sur ses pas, mais ses pieds glacés la trahissent. Elle perd l'équilibre, vacille légèrement et glisse dans le passage. Le sol est incliné vers la baie pour que l'eau sorte. Luisant de glace, il est aussi lisse que le labyrinthe de Jonas. Coralie dérape et tombe. Elle ne peut se relever. Les murs et le sol du passage sont en glace.

Coralie se met à glisser vers le noir inconnu. Elle perd d'abord une lampe de poche puis l'autre, mais le fait d'avoir les mains libres ne lui donne pas plus de prise. Elle presse ses pieds contre un mur mais son poids l'entraîne sans cesse vers la falaise. Centimètre par centimètre, elle acquiert de la vitesse.

« Voici ce qui est arrivé à Dorothée, se dit Coralie. Elle ne s'est pas jetée vers la mort, comme la femme du capitaine. Elle a juste glissé dedans.

Je vais disparaître, moi aussi.

Mes parents vivront dans la même et incessante inquiétude que ceux de Dorothée. Des gens compatissants apporteront de la nourriture aux Sévigny pour leur remonter le moral. Personne ne saura jamais. La serviette se remplira de nouveaux dossiers, nouvelles photos, nouveaux trésors dont les Sévigny se délecteront la nuit. »

Coralie se bat contre la glace.

À chaque coup, elle glisse plus vite.

Elle sent déjà la neige sur son visage.

Il y a une lueur grise fantomatique devant elle.

« C'est la fin, pense-t-elle. La fin du tunnel.

Et de moi. »

Chapitre 24

Elle accélère; Coralie est son propre toboggan maintenant. Elle bondit dans les airs. Elle atterrit avec une secousse qu'elle ressent de la base de sa colonne au haut de son crâne.

Elle est assise sur une saillie, à quelques mètres au-dessus des étendues boueuses.

Avec Dorothée.

— Coco, tu m'as fait peur, chuchote Dorothée.

— Que fais-tu ici? dit Coralie, le souffle coupé.

— Le fils des Sévigny m'a mise ici. Coco, quand la marée va monter, on sera arrachées aux rochers.

— *Le fils des Sévigny?* répète Coralie.

— Il vit dans les caves, Coco. N'est-ce pas terrifiant? Il a toujours été ici! C'est un fou, il était dans une institution, mais ils l'ont laissé partir parce que les psychiatres pensaient qu'il n'était plus dangereux et la pauvre madame Sévigny qui l'aime — elle est tellement une bonne personne, Coco; elle aime tout le monde, malgré ce qu'ils font — l'a ramené à la maison. Mais il n'aime que les endroits sombres, secrets, alors il vit dans les caves.

Coralie frissonne. Le fils des Sévigny! Quelle pensée effrayante : une autre génération de Sévigny.

— Mais où te gardait-il? demande-t-elle.

— Dans le passage, répond Dorothée. On était assis là avec sa main sur ma bouche. On a entendu les policiers chercher. Il y a une porte secrète, et ils ne l'ont pas trouvée. Ce sont des minces couches de roches cimentées sur une porte ordinaire. Exactement comme dans les bons livres d'aventures. (Dorothée frissonne.) Mais j'aime lire à propos de ces choses, pas les vivre.

Le fils des Sévigny! Elle sait maintenant qu'il l'aurait vraiment écrasée sous les gradins. Et que Bruno serait vraiment mort l'automne dernier si un touriste ne l'avait sauvé. Et que ça avait vraiment été prémédité qu'elle tombe sur les rochers et non sur la neige molle sous le remonte-pente.

Les Sévigny vident les corps.

Leur fils essaie de les tuer.

— Comment t'a-t-il eue? demande Coralie.

— Je suis entrée dans la cuisine et il m'a traînée dans les caves. Les Sévigny étaient à la maison, mais ils ne m'ont pas entendue crier. Pauvre madame Sévigny! Elle aime son fils, et ce n'est pas sa faute s'il est une mauvaise personne. Je ne lui en veux pas de le garder à la maison.

— Dorothée! crie Coralie. Ne vois-tu pas que les Sévigny ont tout manigancé? Ils t'ont entendue crier et ont aimé ça!

— Ne sois pas vilaine, dit Dorothée.

Un gloussement les interrompt.

— C'est lui ! crie Dorothée.

Elle s'agrippe à Coralie.

En haut de la maison du capitaine, une fenêtre s'ouvre et une lumière s'allume. La tête de monsieur Sévigny émerge.

— Monsieur Sévigny ! crie Dorothée. Venez nous sauver !

L'homme en combinaison de plongée recommence à glousser. Coralie sait pourquoi il rit : les Sévigny ne sauveront personne.

— On doit traverser la baie, dit Coralie, mettant Dorothée sur ses pieds. Il y a des gens dans les bateaux là-bas. Si on peut les rejoindre, on est sauvées.

— Personne ne peut traverser la baie ! hurle Dorothée, tentant de se libérer de la prise de Coralie. La marée viendra et nous emportera. Et, en plus, c'est tout en boue et en trous de sel, on tombera dedans et on se noiera.

L'homme en combinaison de plongée glousse à nouveau et commence à abaisser ses sombres jambes caoutchouteuses, descendant vers leur saillie.

La fenêtre des Sévigny se referme, la lumière s'éteint. Ils sont retournés se coucher. À l'aube, quand policiers et parents arriveront, il y aura une nouvelle marée et aucune trace de deux petites filles de l'île.

— Cours ! ordonne Coralie.

Et elle saute en bas de la saillie, traînant Dorothée à travers l'insondable baie. Dorothée se débat.

« Elle est faible, se dit Coralie. On a été les

meilleures amies toute notre vie, et je croyais qu'on était pareilles. On ne l'est pas. Dorothée peut suivre mais pas diriger. Elle a suivi madame Sévigny parce que madame Sévigny est plus forte. Peut-être que la chose la plus dangereuse sur cette Terre, c'est la personne qui suit toujours. Qu'arrive-t-il si vous suivez la mauvaise personne? La mauvaise idée? »

Un bruit continu remplit les airs.

C'est la marée.

Elles vont être frappées contre les murs de la falaise comme deux petits poissons; elles seront emportées en mer sous les eaux, leur chevelure tourbillonnant rouge et or parmi les vagues.

L'eau gargouille comme un lait fouetté et s'avance vers elles. Coralie essaie de courir plus vite, mais la boue refuse de la laisser accélérer. L'eau monte sur ses jambes, léchant ses genoux. Elle ne peut plus courir, juste patauger.

De la falaise, provient un gloussement heureux. Coralie jette un coup d'œil par-dessus son épaule. Le fils des Sévigny se tient dans le passage, les saluant.

La marée fait entendre son rugissement de triomphe. L'eau les a vues et bondit en avant. Dorothée est un poids mort. La tirant, Coralie atteint un dépôt de boue et de glace.

La marée rugit de rage et de désir.

Elles sont près des bateaux. Si elles peuvent se hisser à bord, elles seront sauvées de la marée puisqu'un bateau se soulève simplement avec elle.

Coralie entend un nouveau son. Un moteur. Une machine.

Les policiers sont-ils ici ? Une voiture s'est-elle stationnée près du port ?

Elle s'est trompée en croyant que les Sévigny sont retournés se coucher.

Après toutes les fois où elle les a déjoués, ils ne se fieront pas à la chance.

Monsieur Sévigny sort de sa fourgonnette.

Chapitre 25

Mais les mains qui soulèvent Coralie ne sont pas celles de monsieur Sévigny. Ce sont celles d'un policier.

— Comment avez-vous su? murmure-t-elle.

Le cri des sirènes déchire l'air. Des lumières rouges et bleues tournoient sur les voitures de police.

— C'est entièrement ma faute, crie monsieur Sévigny. Mon fils n'est pas bien, mais je pensais qu'il pourrait fonctionner comme un être civilisé. Je me suis trompé. Oh! Je suis pleinement, entièrement responsable de tout ce qui est arrivé.

Monsieur Sévigny dit aux policiers qu'il ne s'était jamais douté que son fils avait le moyen d'entrer et sortir de l'auberge de la Goélette. Il ne s'était jamais douté que son fils enlèverait Dorothée.

— Ce doit être lui qui a mis le feu à tes vêtements, Coralie, gémit monsieur Sévigny en se frappant la tête comme quelqu'un qui a soudain trouvé la solution à un terrible problème. Et dire que nous t'avons accusée! Oh! Coco, me pardonneras-tu un jour?

Coralie n'a l'intention de rien pardonner à personne. En fait, elle espère que Michel et Ben se souviennent des tortures d'autrefois pour les infliger à la famille Sévigny.

En haut de la côte Casse-cou, madame Sévigny cajole son fils pour qu'il suive sagement les policiers. Gloussant, bafouillant, dans sa combinaison luisante, l'homme s'installe sur le siège arrière d'une voiture de police et disparaît à jamais.

Il fait trop froid pour rester sur le quai. Les policiers font rapidement monter les filles dans leur voiture et les ramènent à l'auberge de la Goélette, malgré que Coralie dise que c'est le dernier endroit au monde où elle voudrait être.

— Allons, il faut rentrer! l'exhortent les policiers. Vous aurez chaud à l'auberge. On a emmené celui qui vous voulait du mal. Et votre amie insulaire, Anya, vient d'arriver.

«Anya! se dit Coralie. Ça ira, Anya et Bruno sont là. J'aurai des alliés. Des gens qui comprennent, la sécurité par le nombre. »

Et en effet, Bruno, dont les bras enveloppaient Anya pour la réconforter, ouvre les bras tout grands pour accueillir Coralie. Il berce les deux filles à la fois. L'une est de granit, l'autre est fragile comme une sterne dans la tempête, mais ce soir il serait difficile de dire laquelle est laquelle.

— Je t'ai, Anya, murmure Bruno. Tout va bien, Dorothée est sauvée. (Il se tourne vers Coralie.) Tu es si résistante, petite. J'aime comme tu es résistante. Tu peux tout supporter, mais j'emmène Anya vivre chez ma tante à Trois-Rivières. Elle en a assez de ce village fou. Il lui faut une ville et un nouveau départ.

Ben et Michel descendent l'escalier pour serrer leur petite sœur dans leurs bras. Cela dure à peu près une minute, car des voisins apportent des beignes et du café.

La bouche pleine de beigne à la confiture, Ben sur qui Coralie comptait pour déduire la vérité, dit aux Sévigny:

— Dorothée va bien. Tout est bien qui finit bien. Je vous admire pour avoir repris votre fils. Je suis désolé que votre fils n'ait jamais guéri.

Coralie ne peut en croire ses oreilles.

— Et je suis désolé qu'on n'ait pas cru tes histoi- res, Coco, dit Michel. Toutes ces fois où je t'ai dit d'arrêter de fabuler — le gloussement et les caves et les vêtements — tout était vrai! Cet homme a tout fait.

— Il n'a pas tout fait! crie Coralie. Vous ne com- prenez toujours pas! Écoutez-moi. Pour une fois, écoutez-moi! Les Sévigny sont ses parents. Ils ont prémédité tout ça. Ils l'ont entraîné pour faire ça. Il est leur complice.

Elle a perdu son auditoire. Ils n'écoutent plus, ils sont retournés aux beignes.

— Je vais appeler vos parents, dit un policier, pour leur apprendre que vous êtes sauvées et que tout va bien.

— Nous allons engager des ouvriers pour sceller le passage de la falaise, dit madame Sévigny, en frissonnant notablement. C'est si atroce. Je n'en avais pas la moindre idée !

— Vous nourrissiez votre fils, dit Coralie. Vous deviez avoir une petite idée de ce qu'il faisait.

Madame Sévigny regarde Coralie d'un air de reproche et dit :

— Nous avions un petit appartement pour lui près du port. Nous lui donnions de l'argent de poche, Coralie. Comment aurions-nous deviné qu'il avait trouvé le moyen d'entrer ? Nous n'aurions jamais gardé des enfants innocents dans une maison où des choses pareilles auraient lieu ! Vraiment ! Je suis une enseignante. Mon mari est un directeur d'école. Les enfants et leurs chères petites vies sont notre plus grand souci.

Les adultes dans la pièce et les trois Jalbert hochent la tête en signe d'approbation. Même Anya et Bruno approuvent.

« Ainsi, voici ce qu'est un bouc émissaire, pense Coralie. Vous trouvez quelqu'un sur qui faire tomber le blâme et tout le monde est content. Même les victimes sont contentes.

— Je ne crois pas cela, riposte Coralie.

Monsieur Sévigny, très élégant, a l'air à la fois digne et écrasé.

— Madame Sévigny et moi sommes si fiers de toi, Coralie. Et bien sûr, nous te devons des excuses.

Coralie grogne.

— Quand je parlerai à maman et papa au téléphone, dit Dorothée, je leur demanderai de pouvoir finir ma sixième sur l'île. Je crois que je suis trop jeune pour le continent.

Ses frères lui disent qu'elle est brave et raisonnable. Les Sévigny disent qu'elle va leur manquer.

«Et, comme son dossier va être vide!» pense Coralie.

Coralie ne peut plus supporter d'être au milieu de ces gens. Elle monte prendre sa douche.

Quand Coralie redescend, les policiers parlent à ses parents:

—... et votre fille est une héroïne. Une telle présence d'esprit, tant de courage. Elle savait que leur seule chance était de se rendre aux bateaux et elle l'a tentée.

À présent, le rez-de-chaussée est rempli de gens bruyants. Pour la première fois, cela ressemble à ce qu'une auberge devrait être: un endroit où les invités viennent fêter. Tous sourient aimablement aux Sévigny. Anya et Bruno sont assis sur un divan. Anya assoupie contre son épaule, Bruno a l'attitude calme et fière du protecteur.

— Cela demande aussi du courage, Arnold, d'admettre une erreur de jugement, dit un voisin. Le village est derrière vous, Arnold et Désirée. Vous avez fait ce que vous pensiez être le mieux.

Coralie mange un beigne en deux bouchées, prend le récepteur que lui tend un policier et crie:

— J'ai sauvé Dorothée, papa!

— On est si fiers de toi, Coco, dit son père à l'autre bout du fil. Ta mère et moi arriverons demain matin. Chérie, pardonne-nous nos doutes. Il y avait vraiment une explication pour tout ce qui est arrivé. Et maintenant, je veux que tu remercies les Sévigny pour nous.

— Que je quoi ? s'étouffe Coralie.

— Que tu les remercies. Quand ils ont deviné qui avait dû commettre le terrible crime d'enlever Dorothée, ils ont immédiatement téléphoné à la police. Quel comportement responsable. C'est le meilleur directeur qu'on ait jamais eu.

Loin d'être ternis par tout ça, les Sévigny vont gagner des médailles d'or !

Jamais Coralie Rollin ne remerciera les Sévigny pour quoi que ce soit.

— Dorothée, mon chou, dit madame Sévigny, laisse-moi te border dans ton lit. Tu viens de passer douze heures longues et terribles.

— D'abord, je dois remercier ma meilleure amie, dit Dorothée.

Presque timidement, elle s'approche de Coralie. La pièce est silencieuse, on les observe.

— Je suis désolée, Coco, dit-elle humblement.

— C'est sans importance, dit Coralie, en l'embrassant.

Ce n'est pas sans importance. Coralie ne sait pas si elles pourront encore être amies.

Les Sévigny ont gagné sur toute la ligne.

« Mais je suis vivante. Dorothée n'a pas eu d'accident. Anya a toute sa raison... enfin, elle est en train de la regagner. Bruno est de retour.

J'ai mené une bonne bataille.

Mais je n'ai pas gagné.

Les ennemis sont encore sur le champ de bataille. Elle enseigne encore. Il dirige encore une école. Ils vivent encore à l'auberge de la Goélette. »

Après tout, Coralie n'a pas ramené Val ni localisé le numéro six de rires et d'or. Ni présenté les dossiers des anciennes victoires des Sévigny.

Les Sévigny recommenceront.

Cela ne finira jamais.

**Pour savoir qui, de Coralie
ou des Sévigny, aura le dernier mot,
lit *Les flammes accusatrices*,
le troisième volume de la trilogie.**

Extrait de *Les flammes accusatrices* :

Un doigt glacé touche son cou, et elle crie, bondissant en avant.

Ce n'est que Robert. Le bon vieux Robert de son cours de littérature.

— Robert! tu m'as fait peur, dit-elle en cherchant son souffle. J'en ai laissé tomber mon sac.

« Pourquoi suis-je si nerveuse ? » pense-t-elle.

Son cri a attiré l'attention. Une attention étrange, silencieuse, sérieuse. On regarde Coralie… et le sol à ses pieds.

Sur le pavé une douzaine de boîtes d'allumettes est éparpillée. Les allumettes sont sorties de son sac quand il a touché le sol.

Monsieur Sévigny se tenait dans l'escalier de l'école, attendant que la cloche sonne pour appeler les élèves en classe. Il traverse maintenant la cour, ses souliers vernis tapant comme des mains sur le rocher. Il est très grand. Coralie doit relever la tête pour le regarder en plein visage. Le soleil est derrière lui, éblouissant Coralie qui penche la tête.

Monsieur Sévigny pointe les allumettes du doigt.

— Coralie! dit-il dans le silence attentif. À quoi as-tu mis le feu ?

Dans la même collection